新潮文庫

ぼくはイエローでホワイトで、ちょっとブルー

ブレイディみかこ著

新潮社版

はじめに

隣の部屋から、やけに軽快なギター・リフが聞こえてくる。もうすぐ「ザ・ファンク・ソウル・ディスコ」というコンサートに出演する息子が、本番に向けてギターの練習をしているのだ。

ファンキーなタイトルだが、それはプロのコンサートではない。中学校の講堂で行われる音楽部の発表会だ。演奏するのは11歳から16歳までの中学生たちで、息子は下級生グループの中にいる。だから、コンサートでもその他大勢的なパートを与えられているだけなのだが、まじめな性格なので日曜の朝から練習に没頭している。

「おめえ、ちょっとアンプの音量を落としてくれねえか。テレビが聞こえねえぞ！」

と階下から叫んでいるのはわたしの配偶者だ。夜間シフトでダンプを運転して帰ってきたばかりなので気が立っているのだろう。23年前にわたしと知り合った頃は、ロンドンの金融街シティというところにある銀行に勤務していたのだが、数年後にリストラされ、また同じような仕事に就くのかなと思ったら、

「子どもの頃にやりたいと思っていた仕事だから」

と言って大型ダンプの運転手になった。わりと思いきったことをする人である。

わたしはこの配偶者と一緒に英国の南端にあるブライトンという街にもう20年以上前から暮らしている。そして息子が誕生してからは3人暮らしになった。

息子が生まれるとわたしは変わった。それまでは「子どもなんて大嫌い。あいつらは未熟で思いやりのないケダモノである」とか言っていたくせに、世の中に子どもほど面白いものはないと思うようになって保育士にまでなったのだから、人生のパラダイムシフトと言ってもいいかもしれない。

とはいえ、保育士になったおかげで、わたしは自分の息子とは疎遠《そえん》になった。彼が1歳になるとすぐに、わたしは（「底辺託児所」と自分で勝手に呼んでいた）保育施設で見習いとして働き始めたからだ。職場には息子も一緒に連れて行っていいことになっていたが、保育士の資格を取るために実習を行っているのだから、自分の子どもと遊んでもしょうがない。そのため、託児所で彼はほとんどわたしから引き離されていた。

こんなことをすると「なんでうちの母ちゃんはよその子とばかり遊んでいるのか」という嫉妬心《しっとしん》で子どもがひねくれ、素行が荒れるので、保育士は職場に自分の子どもを連れて行くべきではないという人も多い。

だが、うちの息子はすくすくと育った。託児所の創設者であり、地元では伝説の幼児教育者だった師匠アニーが、わたしが心おきなく実習できるよう、ほとんど専属保育士のように息子の面倒をみてくれたからだ。

幼児時代の息子は、わたしではなくアニーに育てられたと言ってもいい。わたしの子どもにしてはバランスの取れた性格になったのはそのおかげだと思う。いまでも、いったい誰に似たのかと驚くほど沈着冷静なことを彼が言うときには、彼の中から師匠が喋《しゃべ》っているような気になることがある。

そんな風にして底辺託児所で幼児期を過ごした息子は、地元の公営住宅地の中にある小学校ではなく、カトリックの小学校に進学した。

そこは市のランキングで常にトップを走っている名門校だった。公立だったが裕福な家庭の子どもが多く通っていて、1学年に1クラスしかない少人数の教育を行っていた。森の中に建てられたこぢんまりとした煉瓦《れんが》の校舎に机を並べ、7年間を同じクラスで過ごす子どもたちは卒業する頃には兄弟姉妹のように仲良くなっていた。

ふわふわしたバブルに包まれたような平和な小学校に、息子は楽しそうに通っていた。たくさん友達もでき、先生たちにもかわいがられて、最終学年になったときは生徒会長も務めた。すべてが順調で、うまく行きすぎて、正直、面白くないぐらいだった。

わたしには、彼の成長に関わっているという気があまりしなかった。幼児のときは師匠アニーが育ててくれたし、その後は、牧歌的な小学校が育ててくれた。わたしの出る幕はなかったのである。

ところが。

息子が中学校に入るとそれが一変することになった。

彼はカトリックの中学校に進学せず、「元底辺中学校」に入学したからである。

そこはもはや、緑に囲まれたピーター・ラビットが出てきそうな上品なミドルクラスの学校ではなく、殺伐とした英国社会を反映するリアルな学校だった。いじめもレイシズムも喧嘩《けんか》もあるし、眉毛《まゆげ》のないコワモテのお兄ちゃんやケバい化粧で場末のバーのママみたいになったお姉ちゃんたちもいる。

これは11歳の子どもにとっては大きな変化だ。大丈夫なのだろうかと心配になった。

ようやくわたしの出る幕がきたのだと思った。

とはいえ、まるで社会の分断を写したような事件について聞かされるたび、差別や格差で複雑化したトリッキーな友人関係について相談されるたび、わたしは彼の悩みについて何の答えも持っていないことに気づかされるのだった。

しかし、ぐずぐず困惑しているわたしとは違って、子どもというものは意外とたくましいもので、迷ったり、悩んだりしながら、こちらが考え込んでいる間にさっさと先に進んでいたりする。いや、進んではいないのかもしれない。またそのうち同じところに帰ってきてさらに深く悩むことになるのかもしれない。それでも、子どもたちは、とりあえずいまはこういうことにしておこう、と果敢に前を向いてどんどん新しい何かに遭遇するのだ。

「老人はすべてを信じる。中年はすべてを疑う。若者はすべてを知っている」と言ったのはオスカー・ワイルドだが、これに付け加えるなら、「子どもはすべてにぶち当たる」になるだろうか。どこから手をつけていいのか途方にくれるような困難で複雑な時代に、そんな社会を色濃く反映しているスクール・ライフに無防備にぶち当たっていく蛮勇（本人たちはたいしたこととも思ってないだろうが）は、くたびれた大人にこそ大きな勇気をくれる。

きっと息子の人生にわたしの出番がやってきたのではなく、わたしの人生に息子の出番がやってきたのだろう。

この本はそんな息子や友人たちの中学校生活の最初の1年半を書いたものです。正直、中学生の日常を書き綴《つづ》ることが、こんなに面白くなるとは考えたこともなかった。

ぼくはイエローでホワイトで、ちょっとブルー＊目次

ぼくはイエローでホワイトで、ちょっとブルー

挿画　中田いくみ

1

元底辺中学校への道

「なんかまた、ずいぶん違う感じの中学校を選んだんだね」

息子が入学した中学の名前を言うと、多くの人々がこのような反応を示す。

というのも、彼が卒業した小学校と、入学した中学校とは真逆と言ってもいいぐらい違うからだ。

英国では、公立でも保護者が子どもを通わせる小・中学校を選ぶことができる。公立校は、Ｏｆｓｔｅｄ（英国教育水準局）という学校監査機関からの定期監査報告書や全国一斉学力検査の結果、生徒数と教員数の比率、生徒ひとりあたりの予算など詳細な情報を公開することが義務付けられていて、それを基にして作成した学校ランキングが、大手メディア（ＢＢＣや高級新聞各紙）のサイトで公開されている。

だから保護者たちは、子どもが入学・進学する何年も前からこうしたランク表を見て将来の計画を立て、子どもが就学年齢に近づくと、ランキング上位の学校の近くに引っ越す人々も多い。人気の高い学校には応募者が殺到するので、定員を超えた場合、地方自治体が学校の校門から児童の自宅までの距離を測定し、近い順番に受け入れるというルールになっているからだ。そのため、そうした地区の住宅価格は高騰《こうとう》し、富者と貧者の棲《す》み分けが進んでいることが、近年では「ソーシャル・アパルトヘイト」と呼ばれて社会問題にもなっているほどだ。

わたしたち一家は、一般的に「荒れている地域」と呼ばれており、近所の学校も常にランキングの底辺あたりを彷徨《さまよ》っている（ので住宅価格も横ばいの）元公営住宅地に住んでいるのだが、なぜか息子は市の学校ランキング1位の小学校に通っていた。そこは公立カトリック校だった。

英国には公立でも英国国教会やカトリック、ユダヤ教、イスラム教などの宗教校がある。もはやそんなことは忘れていたがわたしは一応カトリックの洗礼を受けており、アイルランド人の配偶者も「14歳のクリスマス以来、ミサに行ってない」と豪語するような人間ではあるが、どういうわけか彼の叔母は修道女だったり、従弟《いとこ》には神父もいるという敬虔《けいけん》なカトリック一族の出身だった。

よって彼の親族にとってはカトリック校以外に子どもを通わせるなどということは

あり得ない。とはいえ、別にそんなことが家訓にあって守らなければ罰せられるわけでもないので慣習に従う必要はないのだが、わたしと配偶者もそれほど強い信条があって不熱心な信者になっているわけではなかったので、なんとなく親族からの無言の要望に押されるまま、息子をカトリック校に入学させたのだった。

ところがこのカトリック校は、わたしたちが住んでいる元公営住宅地と、それに隣接する高級住宅街の二つの教区のためにつくられた学校だった。で、教会に所属して日曜ごとにミサに通うようなコンサバな家庭は高級住宅街のほうが圧倒的に多い。従って生徒も裕福な家庭の子がほとんどであり、こうした家庭は往々にして教育熱心であるのに加え、カトリック校は一般に厳格で宿題などもガンガン出して勉強させるため、小学校ランキング1位を突っ走っているのだった。

卒業時には、この小学校の生徒たちは、ほぼ100%カトリックの中学校に入学する。これがまた市の中学ランキング1位のエリート校なのだが、息子の同級生もみんなそこに進学するし、うちもそうなるのだろうと、わたしも息子もぼんやりと思っていた。

そんなわけだったのでわたしは息子の進学先を探しているわけでもなかったのだが、彼が小学校最高学年になるとすぐに、近所の中学校から学校見学会の招待状が届いた。

そこはもともと、「ホワイト・トラッシュ（白い屑《くず》）」というまことに失礼な差別用語で表現される白人労働者階級の子どもたちが通う中学として知られていた。うちの近所でも、ほんの数年前までは、中華料理店のガラス窓にレンガを投げつけて遊んでいるガキどもや、公園の茂みの中にたむろって妙な匂《にお》いのする巻きたばこを嗜《たしな》んでいたりする同校の生徒たちが問題になっていた。が、常に学校ランキングの底辺にいたその中学校が、なぜかいまランクの真ん中あたりまで浮上しているという。

いったいどういうことなんだろう。という好奇心から、見に行ってみたいなと思っていると、

「行ってもいいよ。中学の見学会に行くときは、学校を早退しても許されるし」

と息子も言うので、わたしたちはふらふらと見学会に出かけてしまったのだった。

中学校の廊下にセックス・ピストルズかよ

見学会当日、近所の中学校のホールに入ると、来年から中学生になる子どもたちとその保護者たちがすでにたくさん椅子《いす》に腰かけていた。同じように並んで座ると、脇《わき》で息子がちょっと引いているのが伝わってきた。

その前週、わたしたちはカトリックの中学校の見学会にも行ったが、そちらは息子の同級生がみんな来ていたので、息子もわたしの隣を離れ、友人たちと一緒に座っていた。だが、ここには彼が知っている子はひとりもいなかった。

カトリック校の見学会でのプレゼンスピーチでは、壇上に立った初老の校長が、全国一斉学力検査での平均点やオックスフォード大学とケンブリッジ大学に入った卒業生の数など、いかに彼の学校が優秀かということを延々と語った。そして校長がスピーチを終えると、今度はいかにも優等生といった感じの、こういう子がオックスブリッジに行くんだろうなと思うような上流階級風の英語を話す生徒会長が出てきて、「みなさん、わが校へようこそ」と爽《さわ》やかに挨拶《あいさつ》し、学校生活がいかに有意義で素晴らしいかを朗々とスピーチした。

一方、近所の中学校のほうはというと、四十代前半という感じの若い校長が壇上に登場し、学校説明よりもジョークのオチを言うタイミングに傾注しているという感じで、けっこう本気で笑いを取りに来ていた。「え？　もう終わりですか？」というぐらい簡潔なスピーチの後で、次はまた生徒会長が出て来るんだろうなと思っていると、校長は言った。

「さて、次は、わが校が誇る音楽部の演奏を聞いてください」

いきなり彼の背後の幕がサーッと上がる。

中から出てきたのは、あらゆる楽器を持ってステージ上に並んでいる夥《おびただ》しい数の制服姿の中学生だった。ギター、ベース、キーボード、ドラムに加え、ブラス隊、パーカッション、ウクレレ、ウッドベース、ピアニカ、なんだかよくわからない民族楽器のようなものを手にして立っている子もいる。

どっかで聞いたようなイントロが始まったなと思っていると、「アップタウン・ファンク」だった。あまりにも楽器の数が多すぎてうまいのか下手なのか判然としないのだが、勢いだけはある。ヴォーカルは男女混合の3人組で、真ん中のぽっちゃりした眼鏡の女の子が、細長い体型のブロンド少年と異様にダンスがうまい黒人の少年を従えている、という構図。ブルーノ・マーズみたいに中腰になって肩を揺らしたり、ジェームス・ブラウンみたいなステップで踊ったりしながら軽快にステージ上を移動している。

楽器の音も声も動きも多種多様過ぎて、みんながバラバラなのになぜか一丸となっていて、なんでこんなに雑多な演奏なのにサウンドがまとまっているんだろう。と、考えてしまったのだが、わりとすぐにその答えはわかった。みんな楽しそうだからである。全員がエンジョイしているから、その陽気なヴァイヴで細かいことはぶち飛び、パワフルな楽しさのうねりが生まれている。

ステージを見ている自分がついにやにやしてリズムを取っていたことに気づき、ふっと脇を見ると、妙に醒《さ》めた目つきで10歳の息子がわたしのほうを見ていた。

「上手だったよね」

演奏の後で息子に話しかけると、

「まあね」

とそっけない返事をして彼は椅子から立ち上がる。

わたしも急いで立ち上がり、案内役の女子生徒に連れられて校内を見て回った。建物からしてカトリック校とは正反対だ。カトリックの中学校は、ちょっと『ハリー・ポッター』シリーズのホグワーツ校を髣髴《ほうふつ》とさせるような古い建物で、ああいう由緒《ゆいしょ》ある感じの校舎は観光客としてたまに訪れる分には風情《ふぜい》があっていいのだろうが、天井がやけに高いし壁のひび割れやペンキの剝《は》げ具合が目立ち、毎日過ごしていると底冷えがしそうだった。

一方、近所の中学校のほうは、英国のいたるところで見る平凡な学校だ。英国の人々はこうした実用的だが特徴のない建物のことを「キャラクターがない建築物」と表現するが、ハリポタ校舎よりずっと窓も大きくて自然光が入って明るく、壁も真っ白に塗り替えられたばかりで、暖房もよく行き渡りそうな天井の低さだ。

「明るくて、新しくていいよね。使いやすそう」

息子に話しかけると、彼は黙って頷《うなず》き、楽しそうに談笑しながら同じ小学校の制服を着て歩いている少年たちの後ろを、ひとりだけ違う制服でとぼとぼと歩いていた。

英国の中学校の校舎は、数学や英語、科学、歴史といった教科ごとに教室が分かれていて、生徒たちは授業ごとに移動する。わたしたちも教科ごとに違う部屋に案内されて、教員たちと話をしたり、展示物を見て回ったりしたが、教員たちの態度もカトリック校とはまるで正反対だった。カトリック校の教員たちは、質問があればお答えしますよ、といった風情で黙って椅子に腰かけていて、のんびり本を読んでいる人なんかもいたが、こちらはみんな教室の中に立っていて、やけに話しかけてくる。これが黙っていても生徒が集まるエリート校と、努力をしなければ生徒が集まらない学校の違いかと思った。

数学の教室を見た後で案内役の女子生徒が言った。

「次は音楽室に行きます。そこは音楽部の部室にもなっていて、いろいろな楽器が置かれています。あなたは何か楽器やってる？」

と聞かれて、息子が答えた。

「ギターを習ってます」

「ギター！　いいじゃない！　私はキーボードをやってる。さっき、ホールで私たちの演奏聞いてくれた？」

肩までの長さの金髪を外巻きにした、若い頃のマリアンヌ・フェイスフルみたいな髪型の女子生徒が言う。

「え？　あなたもさっきステージの上にいたの？」

わたしが尋ねると、

「はい。でもあんなにたくさんいたらわからないですよね。キーボードだけで8人いたし」

と彼女はにっこり笑った。

彼女に先導されるままわたしたちは階段を上がった。音楽室は一番上のフロアになっているらしい。女子生徒に案内されて廊下を歩いていくと、左右の壁に、見おぼえのある、というか、ひどく懐《なつ》かしいサイズの正方形の物体がずらりと並んでいるのが見えてきた。

ザ・シャドウズ、ジ・アニマルズ、ザ・フー。名だたるブリティッシュ・ロックの名盤アルバムのジャケットが両側の壁にずらりと貼《は》られていたのだ。何よりこの並べ方に信頼がおけるのはロニー・ドネガンから始まっている点だ。ビートルズ、ザ・ローリング・ストーンズ、ピンク・フロイド、デヴィッド・ボウイ、レッド・ツェッペリン、T・レックス……なぜこんなものたちが学校の廊下に。左右からこちらを見下ろしている名盤の数々を通り過ぎると、ああやっぱり、ついに見えてきた。黄色にピンクのあの毒々しい色彩。『勝手にしやがれ』のジャケットが。中学校の廊下にセックス・ピストルズかよ。

ザ・スミス、ザ・ストーン・ローゼズ、オアシス、ファットボーイ・スリムとだんだん現代に近づく並びを眺めているうちに音楽室兼音楽部室の入り口に到着した。

「ここは、学校中で私が一番好きな部屋です」と言って、女子生徒がドアを開けた。これまで見てきた教室が3つ入るぐらいの大きな部屋だった。部屋の両側に様々な楽器が所せましと並べられ、奥のほうにガラス張りになった個室のようなものが見える。

「あれは何？」

と聞くと、案内役の女子生徒が答えた。

「レコーディング・スタジオです」

「えっ？　スタジオまであるの？　すごい」

思わず跳ぶように中を覗《のぞ》きに行ってから、ふと我に返って息子のほうを振り向くと、彼は冷ややかな眼差《まなざ》しで戸口からじっとわたしを見ていた。

「いい子」の決断

わたしは「あの学校に行け」と息子に言ったことは一度もなかった。

しかし、熱っぽく元底辺中学校、もとい、近所の中学校のことを話す様子を見ていると、わたしがたいへん気に入ってしまったことは明らかで、それが彼の決断に影響を与えたのは間違いない、と配偶者は言う。

「音楽とかダンスとか、子どもたちがしたがることができる環境を整えて、思い切りさせる方針に切り替えたら、なぜか学業の成績まで上がってきたんだって」

「先生たちも、カトリック校と違ってフレンドリーで熱意が感じられた」

「何よりも、楽しそうでいい。だから子どもたちも学校の外で悪さをしなくなったんだろうね。学校の中で自分が楽しいと思うことをやれるから」

みたいなことを確かに言ったような気はするが、息子にあの学校をお勧めした覚えはない。なぜなら、わたしは自分の息子を知っているからである。

いい歳《とし》をして反抗的でいい加減なわたしとは違い、彼は10歳でも分別のあるしっかりとした人間だった。なにしろ、優秀で真面目《まじめ》なカトリックの小学校で生徒会長をしていた子どもである。基本的に、「いい子」なのだ。

だから、学校でバンド活動ができるとか、ストリートダンスのクラブがあるとかいうことよりも、彼にとっては全国一斉学力検査の平均点や卒業生の進学率などのほうがよっぽど重要かもしれないし、ギターを習っているとはいえ、彼のギターは（実はけっこううまいと言えないこともないのだが）ただ正確に弾いているという感じで、いまいちグルーヴ感がない。あの日、見学会で聴いた音楽部のファンキーな演奏とは対極にある。

まあそれでも彼はショービズ的なことにはまったく縁がないわけでもなくて、実は7歳の時に菊地凛子《りんこ》さんの息子役でイタリア映画に出演したことがあるのだが、その後、別に俳優や芸能人になりたがるということもなく、うちのような貧乏な家庭の子どもは巨額の借金を背負って大学に行かなくてはならないのだからそのときのために出演料は1ペニー残さず貯金しておけと言ったぐらいの、堅実派なのだった。

わたしの配偶者は一貫して自分の息子を元底辺中学校には通わせたくないと言っていた。生徒の9割以上が白人の英国人だという数字を懸念《けねん》し、うちの息子は顔が東洋人なのでいじめられると決めてかかっていた。英国の中学校は11歳から16歳まで5年間通う。それはとても長い時間だし、最上級生と最下級生の年齢差も大きい。肉体的《フィジカル》にいじめられたりしたら、うちの息子は特に体が小さいので悲劇的なことになりかねないと配偶者は言った。実際、往来でも外国人にレイシスト的な言葉を吐く中学生を見かけることがあったし、よく行っていた中華料理店の子どもが数年前に学校でいじめられて転校したこともあった。

そこへいくとカトリック校は人種の多様性がある。南米やアフリカ系、フィリピン、欧州大陸からのカトリックの移民が子どもを通わせているし、実のところ、近年、移民の生徒の割合は上昇の一途をたどっている。いわゆる「チャヴ」と呼ばれる白人労働者階級が通う学校はレイシズムがひどくて荒れているという噂《うわさ》が一般的になるにつれ、白人労働者が多く居住する地区の学校に移民が子どもを通わせなくなったからだ。例えば、Mumsnet のような育児サイトの掲示板に行けば、学校選びの時期になると、ミドルクラスの英国人と移民が「あそこの学校は白人労働者階級の子どもが多いので避けるべき」みたいな情報をシェアしている書き込みを見ることができる。

こういう風潮のせいで、昨今の英国の田舎の町には「多様性格差」と呼ぶしかないような状況が生まれている。人種の多様性があるのは優秀でリッチな学校、という奇妙な構図ができあがってしまっていて、元底辺中学校のようなところは見渡す限り白人英国人だらけだ。そういえば、学校見学会の帰りに、息子もぽつりと「ほとんどみんな白人の子だったね」と口にしていた。

が、地方自治体に中学校入学申請書を出す締め切り直前のことである。

息子が、突如として元底辺中学校に行きたいと言い出した。直接の原因は、仲の良いクラスメートが元底辺中学校に入学すると決めたからだった。この家庭は、母親がフルタイムの仕事を見つけたので、息子を車で学校に送り迎えできなくなり、歩いて通える中学校に入学させたいと言っていた。

「お前が本当に行きたいなら行けばいいと思うが、俺は反対だ」

配偶者は息子にそう言った。

「どうして？」と訊《き》く息子に彼は言った。

「まず第一に、あの学校は白人だらけだからだ。お前はそうじゃない。ひょっとするとお前の頭の中ではお前は白人かもしれないが、見た目は違う。第二に、カトリック校はふつうの学校よりも成績がいいから、わざわざ家族で改宗して子どもを入学させる人たちもいるほどだ。うちはたまたまカトリックで、ラッキーだったんだ。それなのに、その俺らのような労働者階級では滅多にお目にかかれない特権をそんなに簡単に捨てるなんて、階級を上昇しようとするんじゃなくて、わざわざ自分から下っているようで俺は嫌だ」

　息子はしばらく考え込んだものの、決意は変わらなかった。うちは母親のわたしが車を運転しないので、カトリック校に通うとなると、バスを乗り継ぎ、さらにバス停から学校までかなり歩かねばならず、雨の日も寒い冬もそれをやるより、近くの学校がいいよね、という実務的判断もあったようだった。

　そんなわけで、息子は元底辺中学校に入学した。

が、これが拍子抜けするほど最初から楽しそうで、すぐに新しい友達もでき、音楽部をはじめとする複数のクラブに所属して、しょっぱなからとても忙しそうだ。わりと順応性の高い子どもなので、環境が変わったら変わったでエンジョイしてるんだろう。

「全然心配することなかったね」と言うと、「まあ、いまのところはな」と言いながら、配偶者もけっこう安心している様子だ。

　そんなある朝。

　慌《あわ》ただしく学校に行った息子の部屋に掃除に行くと、机の上に国語のノートが開かれたままになっていた。

　ゆうべ遅くまで机に向かって何かやっていたような気配だったが、肝心の宿題のノートを忘れて行ったのかな。と思ってふと見ると、先週の宿題のページだった。先生から赤ペンで添削が入っている。「ブルー」という単語はどんな感情を意味するか、という質問で、息子は間違った答えを書いてしまったのだった。

「『怒り』と書いたら、赤ペンで思い切り直されちゃった」と夕食時に息子が口にしたので、「えーっ、あんたいままでずっとそう思っていたの？」とわたしは笑い、「ブルーは『悲しみ』、または『気持ちがふさぎ込んでる』ってことだよ」と教えると、学校の先生にもそう添削されたと言っていた。

これがその宿題だったのか、と思いながら見ていると、ふと、右上の隅に、息子が落書きしているのが目に入った。青い色のペンで、ノートの端に小さく体をすぼめて息を潜めているような筆跡だった。

ぼくはイエローでホワイトで、ちょっとブルー。

胸の奥で何かがことりと音をたてて倒れたような気がした。

何かこんなことを書きたくなるような経験をしたのだろうか。

わたしはノートを閉じ、散らばっていた鉛筆や消しゴムをペンケースの中にいれてその上に置いた。

ふと、この落書きを書いたとき、彼はブルーの正しい意味を知っていたのだろうか、それとも知る前だったのだろうか、と思った。そう思うとそれが無性に気になった。だけどそのことをわたしはまだ息子に聞き出せずにいる。

2　「glee／グリー」みたいな新学期

日本人が英国の小・中学校に子どもを通わせたときにまず驚くのが、入学式や卒業式がないことである。イートン校など私立校の事情はわたしのような貧民にはわからないが、少なくとも公立校には、親が着飾って一緒に学校に行かねばならないようなセレモニーは存在しない。

だから、子どもが自分で学校に通えるようになる中学校に進学するときは、初日から、玄関先で「じゃあ、がんばれよ」みたいな感じで送り出す。素っ気ないといえば素っ気ないので、制服姿の子どもを見て涙する、というような劇的な状況も生まれにくい。が、息子が入学した元底辺中学校は、のっけから別の意味で劇的、というか演劇的、もとい「glee／グリー」みたいだった。

夏休みに入る少し前に中学校から手紙が届いた。9月何日に学校が始まるので、何時何分までに子どもたちは学校のホールに集合。初日に必要なものは以下の通りで、ランチは学食でもいいし、弁当でも可、というふうに、学校が始まるまでに準備しておくことが事務的に列記されていた。ここまではどこの公立中学校も同じのようだった。

「うちはそれに加えて、早くも課題図書が書かれてた。しかも入学した週に学力検査があるから国語と算数の予習をしておくことをお勧めします、だって。まだ入学もしてないのに宿題を出すのかって思ったわ。やっぱり中学校になるとそんな感じになるのかな」

カトリックの中学校に子どもを進学させるママ友が電話でそう言っていたので、わたしは答えた。

「うちはオーディションの準備をしておけって書いてあった」

「……は？」

「入学翌日にオーディションやるから、準備しとけって」

「オーディションって、何の？」

「ミュージカル」

そう言うとママ友はしばし黙り込んだ。それは返す言葉を失っているようでもあり、笑いを押し殺しているようでもあった。

オーディションの準備といっても、ミュージカル『アラジン』のビデオクリップをYouTubeで見たり、同作のアニメや本を読んだりしてストーリーを思い出しておけ、ぐらいのことではあるが、まじめなうちの息子はいかなるものでも宿題はやらないと気が済まない性分なので、ウエストエンドのミュージカルの動画を何度も繰り返し真剣に見ていた。

その努力が実を結び、入学翌日のオーディションでジーニー役を勝ち取って来た。そもそも彼のようにまじめに歌詞を覚えたりしてきた生徒じたいが非常に少数派だったらしい。

実は、英国の中学校教育には「ドラマ（演劇）」というれっきとした教科がある。演劇は中等学校教育の一環としてカリキュラムに組み込まれており、イングランドとウェールズ、北アイルランドで実施されている中等教育修了時の全国統一試験GCSEの受験科目の一つにも入っている（大学進学希望者は一般に8～10科目を受験）。とはいえ、別に英国は俳優を大量育成するために学校で演劇を教えているわけではない。日常的な生活の中での言葉を使った自己表現能力、創造性、コミュニケーション力を高めるための教科なのである。

わたしは保育士として働いていた人間だが、この英国教育における演劇重視のスタンスは、保育施設における幼児教育にも反映されていた。英国政府が定めた幼児教育カリキュラムEYFSも、「コミュニケーション&ランゲージ」という指導要領項目の中で、4歳の就学時までに到達すべき発育目標の一つに「言葉を使って役柄や経験を再現できるようになる」というゴールを掲げていた。

だから、英国の幼児教育施設は演劇的な指導を日々の保育に取り入れている。笑っている顔は、嬉《うれ》しいとき、楽しいときにする表情であり、怒っている顔は怒りを感じているときにする表情なのだということを幼児に教え込むのだ。壁に様々な表情をしている人々のポスターを貼《は》って、「これはどんな顔?」と繰り返し質問し、「じゃあ、みんなもこの顔できる?」と同じ表情をさせてみる。そこから今度は「では、みんなはどういうときにこんな顔をしたい気分になる?」と話を展開して、「気持ち」と「それを表現すること」、そして「それを伝えること」はリンクしていると教え、自分の感情を正しく他者に伝えられるように訓練するのだ。

わたしが勤めていた託児所は失業率と貧困率が非常に高い地域の慈善施設の中にあり、DV、依存症などの問題を抱えた家庭の子どもが多く通っていた。彼らは表情に乏しかったり、うまく感情を伝えられないことが多かった。他人に自分の感情を伝えられない子どもは、他人の感情を読み取ることもできない。他者がつらそうな顔をしていたり、嫌がって泣き始めても、それが彼らに痛みを与えている自分に対する「ストップ」のサインなのだとわからない。問題行動が見られる子どもはこうしたコミュニケーション面での発育が不十分な場合が多い。だからこそ、わたしが「底辺託児所」と呼んでいた託児所では演劇的な要素を取り入れたゲームや遊びに力を入れていた。

そう考えると、同じような地区にある元底辺中学校が演劇教育に力を注ぐのもそれと無関係ではないように思われた。むろん中学生ともなれば、感情と表現の回路は、叩《たた》かれたら泣いて抗議するとか、相手の抗議を理解するといった幼児の頃のレベルより、もっと複雑に、そして繊細になっているのだが。

複雑化するレイシズム

元底辺中学校が11月に上演した『アラジン』は、7年生（日本でいう中学1年生）のみが出演するミュージカルだった。7年生限定ミュージカルはこの学校の伝統だそうで、新入生の団結力と協調力を高めるために毎年行われているらしい。

主役のアラジン役を射止めたのは、ハンガリー移民の両親を持つダニエルという少年だった。黒髪と薄茶色の瞳《ひとみ》のすらりとした美少年で、並んで立つとうちの息子よりずっと年上に見える。息子が演じるジーニーはアラジンよりずっと老《ふ》けた魔人の大男の設定なので、ダニエルとの組み合わせは奇妙ではあったが、要するに、オーディションの日にきちんと歌詞やセリフを覚えてきた生徒が2人しかいなかったので、彼らが主要キャラを演じることになったらしい。ダニエルは幼児の頃から演劇学校に通っていて、子役としてロンドンの舞台に出演したことも何度かあるらしかった。

元底辺中学校にはミュージカル部があり、責任者である教員はシェイクスピア劇団出身だそうだ。その責任者と音楽部の教員たちは、毎日放課後や休憩時間に出演者たちを集め、さっそく舞台稽古《げいこ》を始めた。入学初週から息子もハードなスケジュールをこなしていた。

そんなある日、リハーサルで帰りが遅くなった息子が、玄関から尋常でない勢いで飛び込んできて自分の部屋に黙って直行した。

何かあったんだろうな、と思いつつ仕事をしていると、しばらくして彼がやってきた。

「さっき、すごく不快なことがあった」

わたしは手を止めて振り返った。

「どうした?」

「一緒に学校から歩いて帰って来た子が、雑貨屋でチューインガムを買うって言うから、店の外で待ってたんだ。そしたら僕の前に知らない車が停まって、窓が開いて『ファッキン・チンク』って男の人が叫んだ」

中学の制服を着ているとはいえ9歳ぐらいにしか見えない小さな子どもを相手に何を言ってるんだろうと思いながら、わたしは尋ねた。

「どんな人だった?」

「たぶん、17、18歳ぐらいかな。ジャージ着て、キャップをかぶってた」

「で、どうしたの?」

「相手の顔を見ないようにして、黙って違う方向を見ていたら、走り去っていった」

「うん。それでいい」

とわたしは言った。レイシストに向かって中指を突き立てて戦う意志を表明しましょう、と言うのは、社会運動の世界の中での話である。英国のリアルなストリートで小柄な中学生がそんなことを表明していたら、相手は車から降りてきてボコれるだけボコったに違いない。

「これから、そういうことが増えるかも」

「なんで？」

「あんたは遠くの小学校に通っていたからこれまでそういう目に遭ったことがなかったけど、この界隈《かいわい》にはそういうことを言う人たちもいるから。それに、あんたは体は小さいのに中学校の制服を着ているからいいターゲットになる」

「え？」

「ああいうやつらも、一応、小学生には手を出さないんだよ。でも、中学生ならやってもいいと思っている。だから中学の制服を着た体の小さな子は、彼らにとっては都合がいいんだ。ぜったい勝てるとわかってるからボコりやすい」

「そんなの、卑怯《ひきょう》じゃん。自分より弱いとわかってるからちょっかい出すなんて」

「うん。ま、その程度のやつらよ」

と言ってわたしが再びＰＣの方に向き直ると、背後から息子が言った。

「だから母ちゃんもいつも違う方向を向いてたの？」

「え？」とわたしはまた振り返った。

「僕がうんと小さかった頃、『チンク』って言われるたびに、母ちゃんもそうしてたよね」

覚えていたのか、と驚いた。息子が小学校に上がる前、底辺託児所に勤めていたわたしは、いつも彼を連れて仕事に行っていたが、その道すがら、やはり同じような目に遭ったことが幾度となくあった。

息子のとっさの反応は、その頃のわたしを思い出したリアクションだったのだろうか。底辺託児所からまったく違う環境の小学校に進学し、いわばまた底辺な環境に戻ってきた息子の中で、自分でも忘れていた記憶が蘇《よみがえ》っているのかもしれない。

それから二週間ぐらい過ぎた頃、今度は、息子がアラジン役のダニエルと喧嘩《けんか》をして帰ってきた。

「彼はレイシストだ！」

と、たいそう激している様子なので、

「何か言われたの？」

と聞いたら、息子は答えた。

「僕じゃなくて、黒人の子のことで、ひどいこと言った。移民に対する差別がひどいんだ、彼は」

「だけど、ダニエルも両親は移民でしょ？」

「そうなんだよ。それなのに、どうしてあんなことを言えるんだろう」

息子によれば、ダニエルは、黒人の少女がなかなか振り付けを覚えられないのを見て、「ブラックのくせにダンスが下手なジャングルのモンキー。バナナをやったら踊るかも」と陰口をたたきながら笑っていたという。

今どき黒人とジャングルやモンキーを結び付けるなんて、ずいぶん古式ゆかしいフレーズだなと思った。バナナという発想も、ヒップホップやR&Bといったアーバン・カルチャーが席巻《せっけん》する時代に育った英国の子どもにはちょっと出て来ないと思う。子どもがこういう時代錯誤なことを言うときは、たいていそう言っている大人が周りにいる、というのがわたしの経験則だ。

「無知なんだよ。誰かがそう言っているのを聞いて、大人はそういうことを言うんだと思って真似《まね》しているだけ」

「つまり、バカなの？」

忌々《いまいま》しそうに息子が言った。

「いや、頭が悪いってことと無知ってことは違うから。知らないことは、知るときが来れば、その人は無知ではなくなる」

わたしがそう言うと、息子はちょっと考えるような顔つきになり、黙って自分の部屋に入って行った。

何日か経《た》って配偶者に、当然彼も知っているものと思ってその話をしていたら、

「あいつ、そんなこと俺には全然言ってなかったよ」

とショックを受けていた。息子は父親と非常に仲が良く、何でも筒抜けなのに、あの日の体験についてだけはなぜか言っていなかった。

「だから近所の中学校に行かせるのは俺は反対だったんだ。わざわざ車を止めて窓を開けやがったっていうのが気に入らねえ。そいつ、殴るつもりで近づいてきたんだよ」

「でも、無視したから大丈夫。下手に反応すると降りて来るけど」

「甘い。そういうときは携帯で車の番号を撮影させないと。そして警察に届けるんだよ」

「そんなことしたら携帯取り上げられて壊されるでしょ」

興奮する配偶者を見ていると、こんな風に大騒ぎするから息子は父親にはこの話をしたくなかったのかなと思ったが、それだけではないような気がした。

たぶん彼は、人種差別の話をする相手は、白人の父親ではなく、東洋人の母親だと思っているのだ。どうしてそう思うのかはわからないが、彼の中には「白人」と「非白人」の二つの部分が別々にあって、その二つは必ずしも一つに融《と》け合っているわけ

ではないようだ。

当然のように、アラジン役の少年の差別的発言や喧嘩についても息子は父親には話していなかった。

「いまどき黒人をジャングルとかバナナとかいう60年代みたいな言葉で差別するのは東欧出身の田舎者ぐらいのもんだ」

と、こちらはこちらで別のレイヤーでの差別発言を口にするので、

「すぐそういうこと言うから、あんたには言わなかったんだと思うよ」

とわたしは言った。

多様化した社会のレイシズムには様々なレイヤーが生まれていて、どんどん複雑になっていく。移民と一口に言ってもいろんな人種がいるし、出身国も違う。移民の中にも人種差別的な言動を取る人はいるし、やられたらやり返す人たちもいる。その攻防戦を見ている英国人は英国人で、どちらかの肩を持って他方に差別的言動を取ったりする。

白人英国人が圧倒的に多い学校に通わせると決めたとき、息子が彼らに差別されるかもという心配はしていたが、人種差別的な移民の子と衝突するという構図はあまり考えていなかった。そもそも、白人の英国人が大多数の学校で、東洋人の顔をしたう

ちの息子とハンガリー移民の子どもであるダニエルが主要キャラクター2人の役に選ばれたのも、学校側の多様性促進ポリシーの一環なのかもしれないと思えば、なんとも皮肉な構図ではある。

ア・ホール・ニュー・ワールド

二夜にわたって元底辺中学校の大ホールで上演される『アラジン』は、1枚5ポンドのチケットがオンライン発売開始一週間で完売するほどの大人気だった。が、いよいよ本番の数日前、ドレスリハーサルから帰ってきた息子が言った。

「ダニエル、今になって声が出なくなっちゃって、すごいつらそう」

聞けば、長身で大人っぽいアラジン役のダニエルは、すでに変声期に入っているようで、魔法のじゅうたんに乗って歌う見せ場の曲、「ア・ホール・ニュー・ワールド」のキーが高すぎて歌えないらしい。じゃあキーを下げればいいじゃないかという話だが、この歌はヒロインのジャスミンと一緒に歌うことになっていて、音程を下げ過ぎると今度はジャスミン役の女の子が歌えなくなってしまうので、ぎりぎりまで下げてはあるが、それでもダニエルは歌唱に四苦八苦しているそうだ。

「他人の歌やダンスをへたくそだと言ってバカにしまくっていた彼が、本番前になって歌えない状態になっちゃった」

と息子が言うと、配偶者が満足そうに言った。

「そうやってな、他人にしたことは、ぜんぶ自分に返ってくるんだよ」

「そういえば、彼とは、仲直りしたの？」

とわたしが聞くと、

「するわけないじゃん」

と息子は答えた。

「彼があまりにもつらそうだから、『僕が舞台の陰で代わりに歌ってもいいよ、彼は口パクしてたらいいんじゃない？』って先生に提案したら、先生もそれはいいアイディアだって言ったんだけど、ダニエルが断ったんだ。『そんな春巻きをのどに詰まらせたような東洋人の声で歌われるのは嫌だ』って」

「……」

どうも敵はコテコテのレイシズム原理主義者のようであった。

そんなこんなで迎えた『アラジン』の初日、わたしと配偶者は中学校の大ホールの客席に腰かけていた。保護者のみならず、おじいちゃんやおばあちゃん、親戚《しんせき》一同で来ている家庭もあって、開幕15分前にはすでに会場は満席だった。ステージと客席の間には音楽部の生徒たちが楽器を手にずらりと腰かけていて、長身の男子生徒が指揮台の上に立ち、まるで本物のミュージカルのオーケストラのようだ。完売したチケットの売り上げは、ミュージカル部の資金となり、次の公演のために使われるそうだ。そうした資金があるからだろう、衣装もセットもいやに本格的で、子どもたちの歌や演技も、演劇学校の発表会レベルにまで仕上がっていた。公立の中学校でここまでやるところはちょっとないだろう。9月の入学当初から2か月半、放課後に残ってリハーサルを繰り返すだけでなく、週末も学校に行って練習した甲斐《かい》があったというものである。

うちの息子も全身ブルーで金色のラメがきらきら光る派手なジーニーの衣装を着せられ、来る日も来る日もうんざりするほど聞かされた歌を得意そうに大声で歌い、踊ったり跳ねたりして、けっこう笑いを取っていた。もともと人前で喋《しゃべ》るのは得意で物《もの》怖《お》じしないタイプだし、先生の期待に応《こた》えようと努力する「いい子」だから小学校の学芸会でもメインキャラばかり任されてきたが、ステージ上の彼は、いつもの単に芸達者な子どもとは少し違うような気がした。

ジーニーという役じたいが破天荒なキャラではあるが、自分とはまったく違う人物になることを心から楽しんでいるように見えたのだ。他の出演者たちとも、見事な呼吸で助け合っていて、喧嘩しているアラジン役のダニエルとでさえ、2人だけの長丁場の場面ではタイミングを計り合い、相手が間違うとアドリブでそれをカバーし合っている。

息子の出番がひとまず終わると、アラジンとジャスミンが2人でじゅうたんに乗って歌う見せ場のシーンになった。

ダニエルがソロで歌い始めたが、声がまったく聞こえない。息子が言っていたとおり、変声期で高い声が出ず、一オクターブ低い音で歌っているために声が低すぎて、懸命に歌っている様子なのだが、オーケストラの音にかき消されてしまっている。本人も自分の声が聞こえないのだろう、ひどく混乱している様子だ。

それに気づいた音響担当者がマイクの音量を急に上げたため、キーンとハウリングの音がした。もはやアラジンどころかジャスミンの声も聞こえない。観客がざわつき始めた。

突然、ハウリングの音に戦いを挑むような、半ば怒鳴っているような大声が響いてきた。

息子の声だ。息子が舞台裏で「ア・ホール・ニュー・ワールド」を歌っている。

音響担当者があわててマイクの音量を下げるとハウリングの音が止《や》んだ。ダニエルは何事もなかったかのようにハンサムに微笑《ほほえ》みながら両手を広げて口パクを始めた。

「先生にやれって言われたのか？」

帰り道、配偶者が訊《き》くと息子は言った。

「いや、僕がやろうかって先生に言って、マイクを持ってきてもらった」

「でも、アラジンの野郎は春巻きの声は嫌だったんじゃないのか」

「そんなの関係ないよ。二か月も稽古してきたのに、あのシーンが台無しになるとみんなの努力が無駄になる」

息子はそう言いながらわたしたちの前を歩いていた。

「それに、彼はもう春巻きの件はどうでもよくなったんだと思うよ。僕に『サンクス』って言ったから。『明日もよろしく』って涼しい顔で言っていた」

息子はポケットから携帯を出していじり始めた。

「着替えてたら、どういうわけか僕の携帯の番号まで聞いてきたよ」

「お前、教えたのか？」

「うん。教えない理由はないから。それに、無知な人には、知らせなきゃいけないことがたくさんある」

「は？」

と配偶者は訊き返したが、息子はそれには答えなかった。

ある意味おそろしいことでもあるが、プレ思春期の子どもの吸収力はスポンジのようだ。

「ダニエルと僕は、最大のエネミーになるか、親友になるかのどちらかだと思う。得意なことが似ているからね」

いっちょ前のことを言う息子の背中を眺めながら、わたしは夜道を歩いていた。何かの楽器を背負った上級生が、

「よくやったな、ちっちゃいの！」

と息子に声をかけて自転車で通り過ぎて行った。

息子は笑いながら親指を突き上げる。

なんでもない路上の風景の隙間《すきま》から、来たるべきア・ホール・ニュー・ワールドが垣間見《かいまみ》えた気がした。

3

バッドでラップなクリスマス

わが家は「荒れている地域」と呼ばれる元公営住宅地にある。どうして「元」なのかといえば、それはサッチャー政権時代に払い下げになった公営住宅地だからだ。実は現在、英国にピュアな公営住宅地というものはほとんどない。1979年には英国人の42%が公営住宅に住んでいたそうだが、80年代にサッチャーがそれらを片っ端から払い下げたのだ。その後、公営住宅はほとんど建てられておらず、90年代後半から2000年代にまたがる労働党のブレア政権とブラウン政権の時代ですら、13年間でわずか7870戸の公営住宅しか新築されていない。

サッチャー政権の公営住宅払い下げは、「住人に購入する権利を与える」というものだった。それで買った人たちもいるが、買えなかった住人もいた。また、買った人たちのほうでも、購入してずっと住み続けた人たちもいたし、売却してよそに引っ越して行った人たちもいた。こうして英国の公営住宅地の「まだら現象」が進んで行ったのである。

つまり、不動産屋から購入した民間の住宅として住んでいる住人（サッチャー時代からすでに何代目かの住人になったりしている）と、いまでも地方自治体に家賃を払いながら住んでいる住人が、まだらのようになって共存するエリアになったのだ。後者は現在でも自分が暮らす街を「公営住宅地」と呼ぶが、厳密にいえば、英国のほとんどの公営住宅地には「元」がつく。

例えば、わが家の近辺ひとつ取ってみても、左隣はサッチャー時代の払い下げで購入しそれ以来ずっと住んでいる公営住宅地時代からの住人だし、右隣は不動産屋を通じて購入した若い夫婦だ。彼らはミドルクラスのけっこう裕福なカップルなので、庭にジャグジーはあるわ、ガラス張りのフィットネスジムは増築するわで、貧乏くさいわが家との鮮やかなコントラストが近所でも話題になっている。英国では近年、ミドルクラスの人々が安価な元公営住宅を購入し、お洒落《しゃれ》でゴージャスな改装を施して住むのが流行していて、「デザイナーズホテル」をもじって「デザイナーズ公営住宅」と呼ばれている。

そうかと思えばお向かいはいまでも公営住宅であり、70年代からいるという老夫婦が住んでいるし、その隣は不動産屋を通じて家を購入したパキスタン系移民の家庭が、煉瓦《れんが》の壁に黄色っぽいベージュのペンキを塗って屋根をえんじ色にし、個性的な色彩感覚で元公営住宅地に異国情緒を添えている。

そうした住人の国籍も階級もまだら状態になった住宅地の坂を上って行くと、コンクリートの巨大な高層住宅が見えてくる。それは2階建ての公営住宅が立ち並ぶ地区に後から付け加えられた、15階建ての公営団地だ。

そこは、我々まだら地区側の住人たちに「ヤバい」と言われている一角であり、夜中にパトカーや救急車のサイレンの音が聞こえたら、「あそこに行ってるんだろうな」と反射的に思ってしまうような場所だ（実際、わりと、ほぼ間違いなくそうである）。この高層団地はまだら化が進まなかった。民間に払い下げようとしたこともあったようだが、あまりに評判が悪くていくら値段を下げても買う人がいなかったという説もある。

労働党が政権を握っていたゼロ年代に「チャヴ」という言葉が誕生し、英国で大きな社会問題となった。「無礼で粗野な振る舞いに象徴される下層階級の若者」とオックスフォード英英辞典が定義するチャヴは、くだんの高層団地のような場所に住む白人労働者階級の総称として使用されてきた。当初はＢＢＣや高級紙まで躊躇《ちゅうちょ》することなく使用していた言葉だが、近年ではれっきとした差別用語として問題視されている。知識人たちは「彼らのファッションや生態をステレオタイプ化してレッテル貼《は》りしてはならない」と言って忌避する言葉になっているが、実際に彼らのそばで生活していると、やはり彼らの見た目や暮らしぶりはあまり多様性に富んでいないことに気づく。

そして断言しておくが、これは腫《は》れ物に触るようなポリティカル・コレクトネス（PC）で回避しておけば解決できる問題ではない。

問題の根元にあるのは、リアルな貧しさだからである。

例えば、元底辺中学校に通い始めた初日、うちの息子は帰ってくるなりわたしの部屋に来て言った。

「休憩時間に教室で何人かの子と喋《しゃべ》ってたんだ。『どんな夏休みだった？』って聞いたら、『ずっとお腹《なか》が空《す》いていた』と言った子がいた」

それから二週間ほど経《た》った頃、今度は怪訝《けげん》そうな顔で帰ってきた。

「ランチに使えるお金って上限があるの？　先生に呼ばれて『使い過ぎ』って言われている子たちがいた。僕は呼ばれなかったけど、一日の上限っていくら？」

英国の公立校にはフリー・ミール制度があって、生活保護や失業保険など政府からの各種補助制度、または特別な税控除認定を受けている低所得家庭は給食費が無料になる。小学校は給食制でみんな同じ食事なので問題は発生しないが、中学校は学食制になるので生徒が好きな食事やスナック、飲み物を選んで購入することになる。現金は使わない制度になっているので、プリペイド方式で保護者の口座から引き落とされていくシステムになっており、フリー・ミール制度対象の子どもたちには使用限度額がある。新入生はつい使い過ぎ、学期が終わる前に使い果たしてしまわないよう、先生から注意されていたのだろう。

息子が通っていたカトリック系小学校には、フリー・ミール制度を利用している子はほとんどいなかった。だから息子には、何のことだかわからなかったのだ。

入学初日に「夏休みはずっとお腹が空いていた」と息子に言った少年はティムという名前で、「ヤバい」と言われている高層公営団地に住んでいる子だ。うちの息子も中学生とは思えないほど体が小さいが、ティムも負けないぐらいに小柄でガリガリに痩《や》せている。4人兄弟の3番目で、母親はシングルマザーらしい。

「すぐ上のお兄ちゃんも学校にいるんだけど、学食で万引きばっかしてる」

「一番上のお兄ちゃんは、ドラッグやり過ぎて死にかけたことがあるんだって」

などという息子の話を聞いていると、カトリック校時代にはあり得なかったごっつい会話を学校でするようになっているんだなと思う。とはいえ、底辺託児所に通っていた頃の息子は、こういう子どもたちに囲まれていたのだ。

ウェルカム・バック・トゥ・ザ・リアル・ワールド。ミドルクラスの柔らかな泡に包まれた世界で学んでいた息子が、この界隈《かいわい》の現実に戻ってきた。

正義は暴走しやがる

ティムの家庭もフリー・ミール制度を利用している。

すぐ上の兄はティムより3つ年上の10年生で、頻繁にサンドウィッチやジュースをくすねているらしい。万引きしなければ、すぐに限度額に達してしまうからだ。

すでに卒業しているという一番上の兄は、元底辺中学校が生粋《きっすい》の底辺校だった頃、喧嘩《けんか》にも強くて眼光鋭い名うてのバッド・ボーイだったそうだが、学食で万引きしているすぐ上の兄のほうは、気が弱い性格でいじめられているという。学校の帰りにいじめられ流血して帰宅することも一度や二度ではなかったので、母親が学校に抗議して他の生徒より5分早く帰ることを許されている。

そんな事情もあってか、保護者面談のときに学校でちらっと挨拶《あいさつ》したティムの母親は疲れ切っているように見えた。中学校の保護者面談というのは小学校と違い、科目ごとに違う教員の全員が講堂の中にテーブルを構えて座っている。大講堂に30人、小講堂に10人程度の教員が座っていて、自分の子どものそれぞれの教科を担当している教員を個別に予約して、テーブルを移動して回らなければいけないのだが、当然ながら親には教員の顔など誰が誰やらわからないので、生徒も一緒に来ているケースが多い。わたしも息子と一緒に講堂を右往左往していたところ、やはり母親と一緒に来ていたティムの姿に息子が気づき、短く言葉を交わしたのだった。

うつ気味でたくさん薬を飲んでいるというティムの母親は、思ったよりずいぶん若そうだが白髪が目立ち、青白い顔には化粧っ気もなかった。

「仕事先から電話があったら行くけど、電話がなかったら働けないんだって」

と息子が言っていたことから考えると、雇用主から要請があるときだけ働く、いわゆるゼロ時間雇用契約で働いている人かもしれない。雇用主の都合次第で勤務が「ゼロ時間」になる可能性もある。いま、こういうシングルマザーが多いのだ。知らない人々はいまでもひと昔前のイメージで「生活保護を貰《もら》いながら子どもを産み続けるケバい女たち」だの「生活保護で整形したり海外旅行したりするプロの母親たち」だのバッシングするが、保守党政権の福祉削減に耐えてきた公営団地のシングルマザーたちに、かつての活気やセクシーさはない。

ティムの兄も一緒に面談についてきていて、母親の陰に隠れるようにして立っていた。小柄ながら緑色の瞳《ひとみ》をぎらぎらさせたティムと違い、兄はいかにも線が細いというか、これはボコられても反撃できないだろうと思うような神経質そうなティーンだった。下層のガキどもがすべて反抗的でアグレッシブと思うのは間違いである。どんなガラの悪い環境に育っても攻撃的にならない、おどおどした子もいる。

また腹が立つのが、こんなに気弱そうなティムの兄ちゃんをいじめているのはまだら地区側の、しかも、元公営住宅をけっこうイケてる感じに改装して住んでいる家庭の子どもたちだというのだ。

息子によれば、ティムの兄ちゃんがそもそもいじめられ始めた原因は、学食での万引き癖だったという。万引きは犯罪行為だ、お前の窃盗癖は病気である、この万引き野郎、犯罪者は制裁されて然《しか》るべき、などと言って同級生たちが彼をなじり始め、それがフィジカルへとエスカレートしていったそうで、こうなるともう正義の暴走だ。

察するに、先生たちがふつうのいじめのように厳しくこれに対応しないのも、万引きは確かに悪いことだが、これは街中の商店やスーパーで起きていることではないし、フリー・ミール制度で育ちざかりのティーンが使える食事代を考えれば、同情の余地はあるといったところが理由だろうか。しかも、賞味期限が過ぎればサンドウィッチなどはどうせ始末するのである。それならば、いじめている子たちの親を学校に呼び出して「そりゃうちの子も悪いけど、万引きは犯罪じゃないですか」などと言われ面倒なことになるよりも、ティムの兄を他の生徒より5分早く帰らせればいいんじゃないか、という煮え切らない態度を取ってきたのだろう。

そう考えていると、それからしばらく経った頃、学校からの帰宅時間帯に、息子から電話がかかってきた。

「母ちゃん、すぐ来て。たいへんなんだ。喧嘩が始まって、ティムがやられてる」

動揺した声で訴えるのでつっかけ履きで走り出て行ったら、うちの前の路上で、元底辺中学校の制服を着た少年たちが取っ組み合いの喧嘩をしていた。というか、5、6人の少年たちがティムのリュックを取り上げて振り回したり空中に投げたりしていて、ティムが猛烈に突進して行ってそのうちのひとりに頭突きを食らわせると、その脇《わき》にいた2人の少年がティムを押し倒した。

「こらー、そこ何やってんのー、やめなさーい！」

と叫びながら走り寄ろうとすると、路地の角から長身の中学生がすっと現れ、少年たちの前に仁王立ちして言った。

「誰のファッキン・バッグを投げてるんだ、ファッキン貴様らは」

眉毛《まゆげ》が無いのかと思うほど色素が薄い、プラチナ・ブロンドのジェイソン・ステイサムみたいな顔立ちのその上級生を見ると、少年たちは慌《あわ》てて走って逃げた。

「レッツ・ゴー・ホーム」

ジェイソン似の中学生がそう言って踵《きびす》を返すと、ティムも急いで追いかけていった。

「誰、あの子？」と聞くと、息子が答えた。

「ティムと同じ団地に住んでいる11年生。めっちゃ怖がられてる人」

「だろうね。顔見りゃわかる」

「母ちゃんは、なんか保育士みたいだったよ」

　と息子が笑うので、

「当たり前じゃん、ほんとに保育士だもん」

　とわたしはむっつり不機嫌な調子で言った。

　ティーンの暴力沙汰《ざた》を止めるにしては声音がちょっとBBCの子ども番組の歌のお姉さんみたいになっていたことは、彼に指摘されるまでもなくわかっていたからである。

万国の万引きたちよ、団結せよ

息子に聞けば、喧嘩の理由は、同級生たちがティムの万引きを発見して咎《とが》め始めたことだという。最初は「あんなことしちゃいけない」と正義の味方よろしく諭《さと》していた少年たちが、そのうち「犯罪者」と法の番人さながらに彼を見下し始め、しまいには「貧乏人」とか「あの高層団地の住人は社会の屑《くず》だ」とか口々に言ってティムを取り囲んで暴力をふるいだしたらしい。

一応まだら地区に住んでいる息子は、近所に住む、つまりいじめた側の少年たちと一緒に帰宅していて、彼らが一丸となってティムを攻撃しはじめたので最初は止めようとしたらしいが、友人たちの顔つきがだんだん変わっていくのが怖くなってわたしに電話したらしい。

「一人一人はいい子なのに、みんな別人みたいになって、どこまで行くんだろうって胸がどきどきした」

品のいいカトリック校に通っていた息子は、暴力的ないじめの現場を見たことがなかったのだ。

「自分たちが正しいと集団で思い込むと、人間はクレイジーになるからね」

「盗むこともよくないけど、あんな風に勝手に人を有罪と決めて集団で誰かをいじめるのは最低だと思う」

「うん。母ちゃんもそう思う」

「『あなたたちの中で罪を犯したことのない者だけが、この女に石を投げなさい』と新約聖書のヨハネ福音書でイエスも言っているしね」

「……」

元底辺中学校に息子のような敬虔《けいけん》なクリスチャンがいるというのも、関係者にはけっこう新鮮なことかもしれない。

それから数週間後。意外な場所でわたしはプラチナ・ブロンドのジェイソン・ステイサムを再び見ることになった。

それは元底辺中学校の大講堂で行われた音楽部のクリスマス・コンサートだった。

それまでは、クリスマスといえば、息子が通っていたカトリック系小学校が聖歌隊コンサートを行っていたので、教会で聖歌を聞きながら厳《おごそ》かに迎えるのが常だったが、元底辺中学校は講堂でポップなコンサートを行っていた。演奏される曲はすべて音楽部の生徒が作詞作曲したオリジナルのクリスマス・ソングで、講堂では演奏曲のCDまで発売されていた。音楽部の部室にあるレコーディング・スタジオで録音されたものらしい。

音楽部の子たちは、ふだんはクールな子たちが多いというか、ファッションにうるさそうなティーンが多いのだが、この日はみんなクリスマス柄のダサいセーターを着てステージに登場した。トナカイやサンタクロースの絵がついた、一般に「アグリー・セーター」と呼ばれているアレである。

インディー・ロック調のクリスマス・ソングあり、エド・シーラン風の弾き語りクリスマス・ソングあり、と中学生にしては非常にレベルの高い曲揃《ぞろ》いで、音楽ライター上がりのわたしから見ても、音楽部はなかなかの才能を擁《よう》しているように思えた。

そしてコンサートが終盤にさしかかった頃、ひょろっと全身が細長い、眉毛の無い爬虫類《はちゅうるい》みたいな容貌《ようぼう》のコワモテの少年が、サンタさんの恰好《かっこう》をしたテディベアの絵柄がついたクリスマス・セーターを着てステージの上に登場した。ファンシーなセーターを着てはいるが、プラチナ・ブロンドのジェイソンである。

楽器も持ってないし、ひとりでいったい何をやるんだろう、と思っていると、無愛想にジェイソンは言った。

「俺は坂の上の公営団地に住むラッパーです。今日は俺が書いたクリスマス・ソングをやります」

そう言って音響担当のほうを見て頷《うなず》くと、講堂にトラックが響き始め、畳みかけるようにジェイソンがラップを始めた。

「父ちゃん、団地の前で倒れてる
母ちゃん、泥酔でがなってる
姉ちゃん、インスタにアクセスできずに暴れてる
婆《ばあ》ちゃん、流しに差し歯を落として棒立ち

七面鳥がオーブンの中で焦《こ》げてる
俺は野菜を刻み続ける
父ちゃん、金を使い果たして
母ちゃん、2・99ポンドのワインで潰《つぶ》れて
姉ちゃん、リベンジポルノを流出されて
婆ちゃん、差し歯なしのクリスマスを迎えて
どうやって七面鳥を食べればいいんだいってさめざめ泣いてる
俺は黙って野菜を刻み続ける」

クリスマス・ソングなのにやけに暗いことばかり言うものだから、観客から笑いが漏れる。が、ふと回りを見渡して気づいた。おかしそうに笑っている人々と、すごく嫌そうな顔をしている人々とに、保護者が二分されているのである。

わたしが見たところ、険《けわ》しい顔をしているのはまだら地区側の住人たちであり、げらげら笑っているのはピュア地区側の住人たちだ。ひと昔前なら「労働者階級の街」とシンプルに呼ぶことができた地域で、明らかに分断が進んでいる。

「姉ちゃん、新しい男を連れてきて
母ちゃん、七面鳥が小さすぎるって
婆ちゃん、あたしゃ歯がないから食べれないって
父ちゃん、ついに死んだんじゃねえかって
団地の下まで見に行ったら
犬　糞《ドッグ・シット》を枕《まくら》代わりにラリって寝てた」

だんだんハードになっていくリリックに個人的には笑ったが、考えてみれば、「中

学校のクリスマス・コンサートで何を歌わせているんだ」と気分を害する保護者もいるのはしょうがないと言えばしょうがない。

ダークすぎる歌詞のクリスマス・ラップの最終部で、トラックのテンポが急にスローになり、眉毛の無いジェイソン・ステイサムはゆっくり詩を朗読するように言った。

「だが違う。来年はきっと違う。姉ちゃん、母ちゃん、婆ちゃん、父ちゃん、俺、友よ、すべての友よ。来年は違う。別の年になる。万国の万引きたちよ、団結せよ」

わたしの背中に鳥肌が立っていた。「万国の万引きたちよ、団結せよ」というのは、英国の伝説のバンド、ザ・スミスの有名な曲のタイトルである。ジェイソンよ、階級闘争でも始めるつもりか、と思った。彼が右手を宙でくるっと一回転させて中世の貴族みたいな身振りで大袈裟《おおげさ》にお辞儀すると、少なくとも講堂を埋めていた人々の半分はやんややんややの大喝采《かっさい》を贈り、いつまでも歓声が鳴りやまなかった。

何よりも強く記憶に残っているのは、講堂の両端や後部に立っていた教員たちの姿だ。校長も、副校長も、生徒指導担当も、数学の教員も、体育の教員も、全員が「うちの生徒、やるでしょ」と言いたげな誇らしい顔をしてジェイソンに拍手を贈っていたのである。

いまでもいろいろ問題はあるにせよ、元底辺中学校に「元」をつけたのは、きっとこの教員たちの迷いのない拍手なのだ。

コンサートの後で通路に出ると、クリスマス柄のアグリー・セーターを着た歴史の教員と物理の教員が生徒たちのオリジナル曲が入ったCDを販売していた。一枚買って代金を払うと、

「僕ももっと上級生になったら、レコーディングに参加できるかな」

と息子が言った。彼もいちおう音楽部員だが、今年は全員参加の曲でギターを弾くしか出番がなかったのだ。

「うん。がんばれば、きっと参加できるよ」

わたしはそう言いながらCDジャケットの曲名リストを見た。

ジェイソンのバッドな曲はなんと大トリの位置を与えられていた。

4
スクール・ポリティクス

冬休みが終わり、二学期が始まると雨降りの朝が続いた。うちはわたしが自動車を運転しないので、雨が降っても徒歩通学だ。が、学校に着いたら制服のズボンの裾《すそ》がずぶ濡《ぬ》れのうちの息子に同情し、友人たちが一緒に車で登校しないかと誘ってくれているようだ。

坂の上の高層団地に住むティムは、雨がひどく降る朝は一番上のコワモテの兄が（盗難車という噂《うわさ》もある）車で学校まで送ってくれるようで、ちょうどうちの前の道を通って行くからと二日ばかり連続で息子を一緒に乗せて行ってくれた。ところが、その噂を聞きつけたダニエルが、うちのＢＭＷに乗っていけと執拗《しつよう》に息子を誘っているらしい。

「行きはティムのお兄ちゃんに送ってもらって、帰りはダニエルのお母さんっていうのがベストなんだけどなあ。ティムのお兄ちゃんは僕らを送ったら夕方まで仕事だから、帰りは迎えに来てもらえないし」と息子は悩んでいる。

「だけど、帰りだけでいいなんて言い出しにくいから、ダニエルのお母さんに送ってもらうなら行きも帰りもってことになるけど、最初に誘ってくれたのはティムだし、そっちを裏切るわけにもいかない」

「朝はティムのお兄ちゃんで、帰りはダニエルのお母さんがまとめて送ってくれたら一番合理的だけどね」

わたしが言うと息子はぶんぶんと首を振った。

「絶対に無理。彼らは仲が良くないから、なんか僕は2人の板挟みになっちゃって」

「友達から取り合いされてんの？　人気者じゃん」

と笑うと、息子が真剣な顔つきで言った。

「そういうんじゃないんだよ。あの2人、互いにヘイトをぶつけ合っている」

ダニエルは、ハンガリー移民の両親を持つわりには移民に対する差別発言が多く、うちの息子とも最初はそれで喧嘩《けんか》したりしていたが、一緒にミュージカルに出演したことをきっかけに仲良くなった。以降、まじめなうちの息子が彼のレイシズム発言を口うるさく注意するので、最近ではあまりどぎついことは言わないらしい。

ところが、界隈《かいわい》で「チャヴ団地」と呼ばれる坂の上の高層団地に住むティムと息子が仲良くなっているのをダニエルは快く思っていない。「あいつの一家は反社会的」とか「アンダークラスとつきあうとろくなことがない」などと言っていて、本人の前ではさすがにそういうことは言わないらしいが、偏見に満ちた目つきというのは見られている当人にはわかるものだ。ティムはティムで、「くそハンガリー人」とか「東欧の田舎者」とか人種差別的なことを言い出したそうで、顔を合わせればヤバい空気が漂うと息子はため息をついた。

「確かに、それじゃあ一緒に通学はできそうもないね」

「うん。どうしてこんなにややこしいんだろう。小学校のときは、外国人の両親がいる子がたくさんいたけど、こんな面倒なことにはならなかったもん」

「それは、カトリック校の子たちは、国籍や民族性は違っても、家庭環境は似ていたからだよ。みんなお父さんとお母さんがいて、フリー・ミール制度なんて使ってる子いなかったでしょ。でもいまあんたが通っている中学校には、国籍や民族性とは違う軸でも多様性がある」

「でも、多様性っていいことなんでしょ？　学校でそう教わったけど？」

「うん」

「じゃあ、どうして多様性があるとややこしくなるの」

「多様性ってやつは物事をややこしくするし、喧嘩や衝突が絶えないし、そりゃないほうが楽よ」

「楽じゃないものが、どうしていいの？」

「楽ばっかりしてると、無知になるから」

とわたしが答えると、「また無知の問題か」と息子が言った。以前、息子が道端でレイシズム的な罵倒《ばとう》を受けたときにも、そういうことをする人々は無知なのだとわたしが言ったからだ。

「多様性は、うんざりするほど大変だし、めんどくさいけど、無知を減らすからいいことなんだと母ちゃんは思う」

わたしがそう言うと、息子はわかったのかわからなかったのか判然としない面持《おもも》ちで、おやつのチーズをむしゃむしゃ食べていた。

それから数日後、再び雨が激しく降った朝に、ティムから携帯に電話がかかってきて、いつものように兄ちゃんの車で迎えに行くという誘いを息子は断った。しばらくすると、また携帯の呼び出し音がしゃらしゃら鳴って、「いや、今日は大丈夫。父ちゃんが車で送ってってくれるから」と息子が言っているのが聞こえた。どうやら二度目の電話はダニエルだったらしい。

「父ちゃんが送るったって、夜勤明けで朝早く帰ってきて寝たばっかりだよ」と言うと、息子は「いいよ、歩いていく」と言って玄関のドアを開けた。

英国人は傘をささない、という説は男子に関しては本当である。というか、小学生ぐらいまでは傘を持たせれば黙ってさして歩くのだが、中学生になると急に「男が傘なんてさして歩くのはかっこわるい《アンクール》」と言うようになる。

「傘さして行きなさい。濡れちゃうよ！」と傘を持って叫んでいるわたしのほうを振り向きもせず、息子は雨の中を舗道に飛び出して行った。

どうやら息子にとって、いまのところ多様性とはずぶ濡れになることのようである。

アイデンティティは一つじゃない

そんなある日、元底辺中学校の校長が新春一発目の「ウォーキング・ウィズ・ペアレンツ」を行ったので、わたしも参加してみた。

これは、子どもたちの登校時間帯に校長が数人の保護者たちと一緒に校内を歩き回り、教室や施設を案内するという催しである。基本的にどの学年の保護者も参加できるが、新入生を迎える9月から半年間は月2回は行われており、7年生の保護者が優先的に予約を許されている。校長は4年前に就任して以来、保護者たちとの交流を最重視して、こうしたイベントを頻繁にやっている。

約束の時間に学校に到着すると、校長は校門の前に立って一人一人の生徒と握手をしていた。校長だけではない。副校長、生徒指導担当らも立っている。裏門には別の教員も5人ばかり立っていた。4年前にいまの校長が来てから毎朝、一日も欠かさずに彼らはこれをやっている。一人一人の生徒たちと握手して校内に迎え入れるのが元底辺中学校のポリシーなのだ。

校門の前に集まった保護者たちはわたしを入れて10名だった。

「ようこそ」

校長はにっこり笑ってわたしたち一人一人とも握手をした。むかしはラグビーをやっていたというだけあって長身でがっしりしており、手も大きくて分厚い。

「では、行きましょう」

校長は先頭に立って校内を歩き始めた。廊下では、生徒たちがざわざわ立ち話をしたり、ロッカーに荷物を入れたりしていて、慌《あわ》ただしい始業前の風景が展開されている。講堂、食堂、屋内プール、教室、美術室、ダンスルーム、音楽室、校庭。校長は軽いジョークを飛ばしたり、保護者たちからの質問に答えたりしながら、学校の中を案内して回った。

わたしを除けば、参加した人々は全員ネイティブな英語を喋《しゃべ》る白人だった。階級的にはほぼミドルクラスだ。思えば、地域の小学校からそのまま進学して来る子どもたちの保護者は、以前からこの中学校のことをよく知っているので今さら学校を見て回る必要もないのかもしれない。他方、わたしのように小学校は宗教校に子どもを通わせていた親や、別の地域の学校が第一希望だったのに定員オーバーで入れず、第二希望、第三希望で元底辺中学校に振り分けられた子どもたちの保護者は、もともと地元に住んでいる人々ではないので、この学校のことをよく知らない。「ウォーキング・ウィズ・ペアレンツ」の参加者はこのタイプが多いようだった。

「GCSE（中等教育修了時の全国統一試験）の受験科目選定のアドバイスなんかは、どんな風になさってるんですか？」

「学力ごとのクラス分けは、毎学期見直されているのでしょうか」

保護者たちは積極的に校長に近づいて質問している。その熱心さになんとなく気後れして少し遅れて歩いていると、校長が立ち止まり、わたしが一行に追いつくのを待っていてくれた。

「何か質問はありませんか？」

と聞かれたので、わたしは尋ねた。

「以前から、気になっていることがあるんです」

「何ですか？」

「この学校のサイトには、『ブリティッシュ・ヴァリュー（英国的価値観）の推進』をポリシーにしていると書かれていますね。近年は『ブリティッシュ・ヴァリュー』ではなく、『ヨーロピアン・ヴァリュー（欧州的価値観）』を打ち出すのが教育機関の姿勢として好ましいと言われています。どう思われますか？」

そうわたしが聞くと、校長はまっすぐにわたしの目を見て答えた。

「どうしてどっちかじゃないといけないんですかね？」

「は？」

「どうして『ブリティッシュ』か『ヨーロピアン』のどちらかを選ばなくてはいけないのでしょう。僕は両方あっていいと思います。最近は『ヨーロピアン・ヴァリュー』を謳《うた》うところが多いので、うちは『ブリティッシュ』で行きます。バランスを取るために」

と言って彼はからからと笑った。

たぶん、EU離脱投票の前後から、このポリシーを「右翼的」だと何度となく批判されてきたのだろう。そういう笑い方だった。

しかし、このポリシーは、あの国民投票の何年も前から掲げられてきたことをわたしは知っているし、彼らが定義する「ブリティッシュ・ヴァリュー」が「デモクラシー、法の精神、個人の自由、相互尊重、異なる宗教や信条への寛容性」とサイトに明記されているのも知っている。その中には「右翼的」と呼ばれるべき概念は含まれていない。

思えば、わたしが保育士の資格を取った頃は「イングリッシュ・ヴァリュー」が右翼的と言われ、これからは「ブリティッシュ」を使え、と言われていた時代だった。「イングリッシュ」には、スコットランドやウエールズ、北アイルランドなどの地域が含まれていないので排他的だし、「ブリティッシュ」は英国籍を持つ移民も含む言葉だからより正しいと言われるようになった。それが今度は「ブリティッシュ」がヤバい表現になり、「ヨーロピアン」が正しい呼び名と言われるようになっている。ほんの十数年で、英国人の「推奨アイデンティティ」は次々と変化してきた。

「僕は、イングリッシュで、ブリティッシュで、ヨーロピアンです。複数のアイデンティティを持っています。どれか一つということではない。それなら全部書けと言われるなら、『イングリッシュ&ブリティッシュ&ヨーロピアン・ヴァリュー』とでもしますか。長くてしょうがないですけど」

　と校長は笑いながら言った。

「無理やりどれか一つを選べという風潮が、ここ数年、なんだか強くなっていますが、それは物事を悪くしているとしか僕には思えません」

　そう校長が言ったときに、サッカーボールが転がってきた。校庭の反対側で体育の授業でサッカーをプレーしている少年たちがいる。校長はボールを取りに走ってきている少年に向かってボールを蹴《け》った。ボールは少年の頭上を越えて、一気にピッチのほうまで飛んで行った。「げっ、やるじゃん」とジャージ姿の少年に言われて校長は「当然だろ」と笑って親指を突き上げる。

「うちの息子なんか、アイリッシュ&ジャパニーズ&ブリティッシュ&ヨーロピアン&アジアンとめちゃくちゃ長いアイデンティティになっちゃいますよ」

　わたしが言うと校長が答えた。

「でしょ？　でも、よく考えてみれば、誰だってアイデンティティが一つしかないってことはないはずなんですよ」

　どれか一つを選べとか、そのうちのどれを名乗ったかでやたら揉《も》めたりする世の中になってきたのは確かである。サッカーをプレーしている少年たちにしても、東欧人の血を引いている子や、何代か遡《さかのぼ》ればインド系の先祖もいる子、アイルランド人の子だっているに違いない。裕福な家の子、そうでもない家の子、両親揃《そろ》っている子、シングルマザーやシングルファザーの子もいる。

分断とは、そのどれか一つを他者の身にまとわせ、自分のほうが上にいるのだと思えるアイデンティティを選んで身にまとうときに起こるものなのかもしれない、と思った。

母ちゃんのデジャヴ

アイデンティティ・ポリティクスという言葉がある。それは、人種、ジェンダー、性的指向といった個人のアイデンティティの問題を重視する政治だ。1980年代以降、反レイシズムやジェンダー問題、LGBT運動などのアイデンティティ・ポリティクスが盛り上がった時代には、右翼とはそれらの問題に無頓着《むとんちゃく》、あるいは無視をする人々であり、左翼とはそうした無頓着や無視と闘う人々であった。

しかし、この闘いの過熱による弊害があった。英国元首相トニー・ブレアの「いまや英国人はみなミドルクラスだ」という言葉に象徴されるように、貧困や格差、労働問題といった階級政治の軸がすっかり忘れられてしまったのである。現実には貧富の差は拡大する一方で、むしろ階級の固定化が進んでしまい、そのことがEU離脱投票での結果に繋《つな》がったとも言われている。

こうした時代の空気は中学校の教室にも流れ込んでいる。というか、子どもたちのほうが、より剝《む》き出しの形でトリッキーな社会問題を日々体験することを余儀なくされているようだ。

ティムとダニエルと息子をめぐる雨天車両問題は、雨の日が減るとともに落ち着きを見せたのだったが、ついにある日、ティムとダニエルが校内で派手に衝突してしまった。

ティムのリュックの底が破れて本やノートが飛び出しているのを見たダニエルが「貧乏人」と笑ったので、ティムが「ファッキン・ハンキー（中欧・東欧出身者への蔑称《べっしょう》）」と言い返し、逆上したダニエルがティムにとびかかって取っ組み合いの喧嘩になったのである。若い男性の体育教員が飛んできて、2人とも生徒指導室に連れて行かれたらしい。

「納得いかないのはティムのほうが厳しい罰を受けたことなんだ。ダニエルは居残りだけで済んだけど、ティムは一日中、自習室に隔離されて、一週間も放課後に奉仕活動をさせられている」

「人種差別的なことを言ったからでしょ」

「けど、ダニエルも、ティムに『貧乏人』って言ったんだよ。僕はどっちも悪いと思うんだけど、友達はみんな、人種差別のほうが社会に出たら違法になるから悪いことだって言うんだ」

息子は不満そうに語気を荒らげて続けた。

「人種差別は違法だけど、貧乏な人や恵まれない人は差別しても合法なんて、おかしくないかな。そんなの、本当に正しいのかな？」

「いや、法は正しいってのがそもそも違うと思うよ。法は世の中をうまく回していくためのものだから、必ずしも正しいわけじゃない。でも、法からはみ出すと将来的に困るのはティムだから、それで罰を重くしたんじゃないかな」

「それじゃまるで犬のしつけみたいじゃないか」

息子の真剣な目つきを見ていると、ふと自分も彼と同じぐらいの年齢に戻ったような気分になった。

「去年、夏に日本に帰ったとき、スーパーで母ちゃんの昔の学校の先生に会ったの、覚えてる?」

「うん。女の先生だよね?」

「あの人ね、ちょうど母ちゃんがあんたぐらいのとき、担任の先生だったんだ」

「もう40年も前じゃん」

「うん。で、今でも覚えてるんだけど、あの頃、母ちゃんの学校でも似たようなことがあったよ」

わたしは食器を洗う手を休めて台ふきん《ティータオル》で手を拭《ふ》きながら話し始めた。

「母ちゃんの学校の近くにも、坂の上の高層団地みたいに差別されている地区があってね。でも、そこはもっとずっと昔から、人々に『あそこの人たちとは付き合うな』とか『あそこの住人は俺たちと違う』っていわれなき差別をされてきたコミュニティだった。で、あのスーパーで会った先生は、あの頃、大学を出たばかりで、若くてすごく可愛《かわ》いかったんだけど、そのコミュニティの人と恋をして結婚しようと思ったんだ。でも、先生の家族は大反対で『あんなところに住んでいる人と結婚するのは許さない』とか言うから、先生は家出して、ようやくそのコミュニティの人と結婚したんだ」

「なんで母ちゃんが先生のそんなプライベートなこと知ってたの」

「田舎だったからすぐ何でも噂になって、大人たちがみんな話してたんだよ」

「ふうん」

「で、ある日、教室で喧嘩が起きたんだ。ある生徒が、別の生徒のことを『ボロい借家の子』ってバカにしたんだ。バカにしたほうの子はお金持ちだったからすごく大きな新築の家に住んでいて、バカにされた子の家は小さくて古くて、その子は自分の家のことを恥に思ってたから絶対に友達を遊びに来させたりしなかったし、どこに住んでいるのかも人に知られたくない様子だった。それで、お金持ちの子がそれをからかったんだね」

「そんなのひどい」

「それで、バカにされた子はくやしいから、『おまえだってあの地区の住人のくせに』って言い返したんだ。そのお金持ちの子は、差別されているコミュニティに住んでいたから。そしたらお金持ちの子も激怒して、ティムとダニエルみたいに殴り合いの喧嘩になっちゃった」

「それで、どうなったの？」

「あの先生が2人を止めに入ったんだけど、『ボロい借家の子』って言われた子は、絶対に自分のほうが叱《しか》られるとわかってたから、先生が何も言わないうちから下を向

いて泣いていた。だって、先生はその子がバカにしたコミュニティの住人になってい
たし、実際、そのコミュニティの人と結婚するためにすごく苦労したってことを大人
たちから聞いていたから」
「それはヤバいね」
「でも、先生はその子だけを叱らなかったんだよ。2人を平等に叱った。『暴力は言
葉でもふるえるんです。2人とも、殴られるよりそっちのほうが痛かったでしょう』
って」
わたしがそう言うと、息子が聞いた。
「なんでその先生は喧嘩両成敗にしたんだろうね」
「差別はいけないと教えることが大事なのはもちろんなんだけど、あの先生はちょっ
と違ってた。どの差別がいけない、っていう前に、人を傷つけることはどんなことで
もよくないっていつも言っていた。だから2人を平等に叱ったんだと思う」
「……それは、真理だよね」と息子がしみじみ言うのでわたしも答えた。
「うん。世の中をうまく回す意味でも、それが有効だと思う」
翌日から息子には新たなミッションができた。

学校から罰されているのでティムもダニエルも喧嘩はもうできないという事実を逆手に取り、わざと鉢合わせする状況をつくったりして仲良くさせようとしているようだが、学食でも校庭でもなかなかうまくいかないらしい。しかし、最近、体育の授業でサッカーをやったときに、ダニエルがアシストしたボールをティムがゴールへ叩《たた》き込んだ後に一瞬だけちょっといい感じになったという。

「時間の問題だと思うよ」と息子は余裕を見せている。「こないだ、ダニエルと2人でランチを食べていたときに、母ちゃんが聞かせてくれた話をしたんだ。クラスメートと喧嘩して、先生に怒られると思って下を向いて泣いていた日本の男の子の話。ダニエル、黙ってじっと聞いていたよ」と言うので、「あ、そう」とわたしは答えた。

40年前、殴り合いの喧嘩をして下を向いて泣いていたのは実は男の子ではなく、いま自分の母ちゃんになっているということを息子はまだ知らない。

5

誰かの靴を履いてみること

息子の中学校では、学期ごとの通知表のようなもの（プログレス・レポートと呼ぶ）をネットでダウンロードできるようにしてあり、希望者にはハードコピーも配布されている。

5段階評価でそれぞれの教科の理解の到達度が示され、授業に対する姿勢なども評価される。で、入学以来、うちの息子が輝かしい成績をおさめている教科が二つある。「演劇」と「ライフ・スキル教育」である。

「演劇」というのは、スクール・ミュージカル『アラジン』出演時の彼の熱意を鑑《かんが》みるとむべなるかなという気もするが、「ライフ・スキル教育」というのは具体的には何のこと？　と思った。アカデミックな教科以外の、エモーショナル・インテリジェンス（EQ、感情的知能）の分野がここに入るんだろうということは想像がつくが、コミュニケーション力とか自己コントロール力とかいうようなものを5段階で測るのは不可能なのではないだろうか。と思って尋ねてみると、息子はこう答えた。

「ちゃんと筆記試験があるよ。要するにそれ、シティズンシップ・エデュケーションのこと」

英国の公立学校教育では、キーステージ3（7年生から9年生）からシティズンシップ・エデュケーション（日本語での定訳はないのか、「政治教育」「公民教育」「市民教育」と訳され方がバラバラのよう）の導入が義務づけられている。英国政府のサイトに行くと、イングランドで行われている、中学校におけるシティズンシップ・エデュケーションのカリキュラムの要約があがっていた。

シティズンシップ・エデュケーションの目的として、「質の高いシティズンシップ・エデュケーションは、社会において充実した積極的な役割を果たす準備をするための知識とスキル、理解を生徒たちに提供することを助ける。シティズンシップ・エデュケーションは、とりわけデモクラシーと政府、法の制定と順守に対する生徒たちの強い認識と理解を育《はぐく》むものでなくてはならない」と書かれてあり、「政治や社会の問題を批評的に探究し、エビデンスを見きわめ、ディベートし、根拠ある主張を行うためのスキルと知識を生徒たちに授ける授業でなくてはならない」とされている。

キーステージ3では、議会制民主主義や自由の概念、政党の役割、法の本質や司法制度、市民活動、予算の重要性などを学ぶらしいのだが、こういったポリティカルな事柄をどうやって11歳の子どもたちに導入していくのだろう。

「試験って、どんな問題が出るの？」

と息子に聞いてみると、彼は答えた。

「めっちゃ簡単。期末試験の最初の問題が『エンパシーとは何か』だった。で、次が『子どもの権利を三つ挙げよ』っていうやつ。全部そんな感じで楽勝だったから、余裕で満点とれたもん」

得意そうに言っている息子の脇《わき》で、配偶者が言った。

「ええっ。いきなり『エンパシーとは何か』とか言われても俺はわからねえぞ。それ、めっちゃディープっていうか、難しくね？　で、お前、何て答えを書いたんだ？」

「自分で誰かの靴を履いてみること、って書いた」

自分で誰かの靴を履いてみること、というのは英語の定型表現であり、他人の立場に立ってみるという意味だ。日本語にすれば、empathyは「共感」、「感情移入」または「自己移入」と訳されている言葉だが、確かに、誰かの靴を履いてみるというのはすこぶる的確な表現だ。

「子どもの権利を三つ書けってのは何て答えたの？」

と尋ねると、息子は言った。

「教育を受ける権利、保護される権利、声を聞いてもらう権利。まだほかにもあるよ。遊ぶ権利とか、経済的に搾取《さくしゅ》されない権利とか。国連の児童の権利に関する条約で制定されてるんだよね」

英国の子どもたちは小学生のときから子どもの権利について繰り返し教わるが、ここで初めて国連の子どもの権利条約という形でそれが制定された歴史的経緯などを学んでいるようだ。

「そういう授業、好き？」

とわたしが聞くと息子が答えた。

「うん。すごく面白い」

実はわたしが日々の執筆作業で考えているような問題を中学1年生が学んでいるんだなと思うと複雑な心境にもなるが、シティズンシップ・エデュケーションの試験で最初に出た問題がエンパシーの意味というのには、ほお、と思った。

「エンパシーって、すごくタイムリーで、いい質問だね。いま、英国に住んでいる人たちにとって、いや世界中の人たちにとって、それは切実に大切な問題になってきていると思うから」

「うん。シティズンシップ・エデュケーションの先生もそう言ってた」

と、ちょっと誇らしげに顎《あご》をあげてから息子は続けた。

「EU離脱や、テロリズムの問題や、世界中で起きているいろんな混乱を僕らが乗り越えていくには、自分とは違う立場の人々や、自分と違う意見を持つ人々の気持ちを想像してみることが大事なんだって。つまり、他人の靴を履いてみること。これからは『エンパシーの時代』、って先生がホワイトボードにでっかく書いたから、これは試験に出るなってピンと来た」

エンパシーと混同されがちな言葉にシンパシーがある。

両者の違いは子どもや英語学習中の外国人が重点的に教わるポイントだが、オックスフォード英英辞典のサイト（oxfordlearnersdictionaries.com）によれば、シンパシー（sympathy）は「1．誰かをかわいそうだと思う感情、誰かの問題を理解して気にかけていることを示すこと」「2．ある考え、理念、組織などへの支持や同意を示す行為」「3．同じような意見や関心を持っている人々の間の友情や理解」と書かれている。一方、エンパシー（empathy）は、「他人の感情や経験などを理解する能力」とシンプルに書かれている。つまり、シンパシーのほうは「感情や行為や理解」なのだが、エンパシーのほうは「能力」なのである。前者はふつうに同情したり、共感したりすることのようだが、後者はどうもそうではなさそうである。

ケンブリッジ英英辞典のサイト（dictionary.cambridge.org）に行くと、エンパシーの意味は「自分がその人の立場だったらどうだろうと想像することによって誰かの感情や経験を分かち合う能力」と書かれている。

つまり、シンパシーのほうはかわいそうな立場の人や問題を抱えた人、自分と似たような意見を持っている人々に対して人間が抱く感情のことだから、自分で努力をしなくとも自然に出て来る。だが、エンパシーは違う。自分と違う理念や信念を持つ人や、別にかわいそうだとは思えない立場の人々が何を考えているのだろうと想像する力のことだ。シンパシーは感情的状態、エンパシーは知的作業とも言えるかもしれない。

EU離脱派と残留派、移民と英国人、様々なレイヤーの移民どうし、階級の上下、貧富の差、高齢者と若年層などのありとあらゆる分断と対立が深刻化している英国で、11歳の子どもたちがエンパシーについて学んでいるというのは特筆に値する。

大雪の日の課外授業

3月になって大雪が降るという年がたまにあるが、2018年の英国はまさにそうだった。

雪が降ると英国では様々なものがストップする。電車、バスなどの交通機関が止まるほか、スノータイヤをつけて走るなどという習慣もないため、雪が積もり出すとそこらへんに車を停めて徒歩で帰宅する人などもいて、ブライトンのような坂道の多い街は、道の両側に誰のものとも知れない車がずらっと乗り捨ててあるという状況になる。

保育園、学校、大学なども休みになり、元底辺中学校からも朝いちばんで休校を知らせる携帯メールが入った。丘の斜面にあるうちの周囲などもあたり一面雪に覆《おお》われ、こりゃ餌《えさ》を置いといてやらないとジャングル状態のうちの庭に集《つど》う鳥のみなさんが飢えるなと思いながら、朝から裏庭で餌置き作業に追われていると、携帯に友人から電話がかかってきた。

この友人は、底辺託児所が潰《つぶ》れるまで一緒に働いていたイラン人女性であり、いまはホームレス支援団体が運営している託児所の責任者として働いている。電話に出てみれば、どうやらホームレス支援団体の事務所と倉庫を緊急開放して路上生活者の人々を受け入れているそうで、食料を買い出しに行く予定だった車が雪で立ち往生したため、事務所から徒歩で行ける距離に住んでいる人々から食料のカンパを募《つの》っているという。聞けばボランティアも不足しているようだし、学校が休みになって家でだらだらしている息子を連れて手伝いに行くことにした。

長靴で積もったばかりの白い雪をさくさく踏みしめ、ティーバッグやサンドウィッチ用の食パン、ビスケット、缶詰のベイクドビーンズ、ポテトチップス、ハムなどを詰めたバッグを息子と二つずつ下げて友人の待つ慈善団体の事務所に向かった。現地に到着すると、事務所のドアから若いボランティアの男性がちょうど出て来るところだった。彼は、わたしたちの姿を見ると「ありがとう。君たちはライフセイバーだ」と言って、息子が重そうに抱えていたバッグを受け取って運んでくれた。事務所の中にはわたしたちと同じように食料を運んできた近所の人や、ボランティアの人々がいて、すでに忙しそうに立ち働いている。

「サンクス！　助かるよ、こんなにティーバッグ持ってきてくれて。パトロール隊が紅茶作って出て行こうにもティーバッグが残りわずかになって焦《あせ》っていたのよ」

わたしの友人もキッチンから顔を出して勢いよくそう言った。

事務所の中には路上生活者の人々が4人ばかり、敷物を敷いて寝転んだり、座ったりしていた。息子はおずおずとした様子で、目が合った人に「ハロー」と挨拶《あいさつ》したりしている。

友人に言われるまま食パンにマーガリンを塗ってハムサンドウィッチを作っていると、息子がドアを開けて外に出ていくのが見えたので、わたしも急いで後を追った。

「どうしたの？　家に帰る？　母ちゃんはもう少し手伝って行くけど」

とわたしが言うと、息子が振り返った。目が心なしか潤《うる》んでいる。

「こういうことを言うのは本当に悪いと思うんだけど、でも、匂《にお》いに耐えられなくって鼻で息をするのを止めてたから、息苦しくなっちゃって……」

ガンガンに暖房を利《き》かしていたせいもあり、内部にはアルコールと尿の匂いが混ざったような独得の臭気がこもっていたのは事実だった。

「帰りたかったら帰ってもいいよ。ただ、こんな天気の日だから、わたしと一緒に帰ってくれたほうが安心ではあるけどね」

と言うと、息子は少し考えてから答えた。

「僕も、キッチンで手伝ってもいい？」

「もちろん」と言ってわたしは息子をキッチンに連れて行った。路上生活者たちの前を横切るときに、息子の表情が少しこわばっているのがわかった。

キッチンで作っているサンドウィッチや紅茶は、事務所や倉庫にいる路上生活者の人々のためだけでなく、この雪の中でも路上に座っている人々にどこに行けばいいのか教えるために外を回っているパトロール隊が持っていくためだった。この事務所だけでなく、教会やカフェ、ナイトクラブでも、雪が降り出した昨夜から路上生活者を受け入れている。パトロール隊は塒《ねぐら》のない人々を最寄りの緊急シェルターに案内しているのだった。

「今年はほんとうに路上生活者の数が多い。緊縮財政で、自治体は何の緊急支援もできなくなっているから、民間がなんとかするしかない」

パンにマーガリンを塗りながら友人が言った。

「緊縮って何？」と息子が聞くと、友人が説明を始めた。

「この国の住民は英国っていうコミュニティに会費を払っている。なぜって、人間は病気になったり、仕事ができなくなったりして困るときもあるじゃない。国っていうのは、その困ったときに集めた会費を使って助け合う互助会みたいなものなの」

「その会費って税金のことだよね」

「そう。ところが、緊縮っていうのは、その会費を集めている政府が、会員たちのためにお金を使わなくなること」

「そんなことしたら困っている人たちは本当に困るでしょ」

「そう。本当に困ってしまうから、いまここでみんなでサンドウィッチを作ったりしているの。互助会が機能していないから、住民たちが善意でやるしかない」

「でも、善意っていいことだよね？」

「うん。だけどそれはいつもあるとは限らないし、人の気持ちは変わりやすくて頼りないものでしょ。だから、住民から税金を集めている互助会が、困っている人を助けるという本来の義務を果たしていかなくちゃいけない。それは善意とは関係ない確固としたシステムのはずだからね。なのに緊縮はそのシステムの動きを止める。だからこうやってみんなで集まって、ホームレスの人々にシェルターを提供したり、パトロール隊が出て行ったりしているの」

イランでは学校の先生だった友人から息子はシティズンシップ・エデュケーションの授業を受けているようだった。底辺託児所に通っていた頃から息子は友人になっていて、こんな風にたくさんのことを教わったものだった。

It takes a village.

英国の人々は子育てについてこんな言葉をよく使う。「子育てには一つの村が必要

＝子どもは村全体で育てるものだ」という意味だが、うちの息子を育てているのも親や学校の先生だけじゃない。こうやって周囲のいろいろな人々から彼は育てられてきたのである。

頼りないけど、そこにあるもの

しばらくすると目の覚めるような長身の美女がキッチンに入ってきた。重そうなリュックをテーブルの上にドサッとおろして、「ハーイ、お久しぶり」とわたしと息子に微笑《ほほえ》んでいる。

イラン人の友人の長女である。彼女は二年ほど前から親元を離れてイングランド中部の大学に通っているのだが、週末に久しぶりにブライトンへ戻ってきていたらしい。だが、この雪で電車が止まり、帰れなくなってしまったので、ここで手伝うことにしたのだという。

「どうだった？」と友人が聞くと、彼女は答えた。

「スーパーの入口の軒下にまだひとり座っている人がいたから、近くのカフェに案内した。あそこのカフェ、パンとティーバッグはあるけどハムがヤバいって言ってた」

「ああ、こっちはハムは豊富にあるから、持って行ってあげたら」

「ナイトクラブのほうは、ティーバッグとコーヒーが足りないみたいだけど」

「コーヒーはあるよ。近所の人たちがたくさん持ってきてくれたから」

「じゃ、持って行くよ」

パトロール隊は緊急シェルター間の食料の移動にも一役買っているようで、友人の娘はカフェから砂糖をもらって帰って来ていた。

退屈そうにキッチンの流しの前に立っていた息子に、友人の娘が話しかけた。

「一緒に行く？　ちょっと寒いし、往復1時間ぐらい歩くけど、いい運動になるよ」

「行ってくれば？　ここにいてもあんまりやることもないし」

とわたしも言った。携帯があればゲームでもして遊べるのに、家に忘れてきたからできないとさっきから息子がぶうぶう言っていたからである。息子は即答で「僕も行く」と言って、友人の娘と、彼女とペアを組んでパトロールしている大学生の青年がポットに紅茶をいれるのを手伝い始めた。そして大きなリュックを渡され、いっちょ前に食品をたくさんつめてそれを背負い、大学生2人の後を追うようにして出て行った。

ローカルのラジオ局が、この慈善団体の事務所がホームレス支援のハブになっていることや、食料やブランケットなどの寄付を募っていることを告知してくれたおかげで、四輪駆動車で駆けつけてくれた人々もいて、ランチタイムが近づく頃にはキッチンの床に足の踏み場もないほど物資が置かれていた。

こういうときの英国の草の根の機動力には驚かされる。昨年ロンドンで発生したグレンフェル・タワーという高層住宅の火災でもそうだった。英国きっての富裕区の一つ、ケンジントン・アンド・チェルシーの一角に存在する低所得者向けの住宅で起きたこの火災は、70人以上の人々が命を落とす大惨事になった。あの24階建ての高層住宅で発生した火災は、建設費を節減するためにしかるべき断熱材を使用してなかったことや、スプリンクラーが設置されていなかったことが火の回りを早くし、多くの犠牲者を出す原因となったと判明し、英国の格差を象徴するような出来事だと言われた。が、あの火災でも行政より先に動き出したのは民間の人々だった。大量の食品や衣服、寝具などの物品が瞬《また》く間に集まり、自治体や慈善団体が対応しきれないほどの多くのボランティア志願者が現地に入った。

地べたの相互扶助の精神はとても大事だ。それこそ中学校のシティズンシップ・エデュケーションでは市民活動の意義と種類、歴史などを学んだり、実地研修も行うようなので、英国のこうした助け合いの機動力は、まんざら個人の善意のみに頼っているわけではなく、教育というシステムの中にしっかりと根付いているとも言えるだろう。

キッチンのカウンターで発泡スチロールのカップにトマトスープを注いでいると、急に大きな声が響き、若い男性のボランティアが走って行った。「ファッキン」「バスタード」「ワンカー」といった卑語が断続的に響き、「2人とも落ち着いてください」とボランティアが叫んでいるのが聞こえてくる。どうやら路上生活者の間で喧嘩《けんか》が勃《ぼっ》発《ぱつ》したようだ。

友人からスープの入ったカップを受け取っていたホームレスの青年の顔が真っ青になり、神経質そうに手をぶるぶる震わせているので、友人が慣れた調子で「大丈夫。ちょっと言い合いをしているだけ。すぐ静かになるから。大丈夫だから」と言いながら彼の背中をさすった。

「彼らがパトロールから戻ってきたら、そろそろ帰ったほうがいいと思う。小さい子どもには、ちょっときつくなってくるかも。狭いところに何人もいると、イライラしてくる人もいるからね」

と友人がわたしのほうを見て言った。

しばらくすると息子たちの一行が戻ってきたので、わたしはコートを着てみんなに別れを告げ、息子とともに事務所の外に出た。

「どうだった？　路上にまだ座っていた人はいた？」

帰り道で息子に聞くと彼は答えた。

「ううん。もう外に座っている人はいなかった。カフェとナイトクラブには何人もいたけど。ナイトクラブに座っていた人たちのために、水筒の紅茶を注いで渡すのを手伝ったよ」

息子はそう言って、わたしの顔を見た。

「最初は、少し怖かった。正直言って、匂いのきつい人もいたし、なんかちょっと酔っぱらってるのかなって感じの、目つきがうつろな人とかもいたから」

「うん」

「でも、なんか僕、かわいがられちゃった。まだ小学生ぐらいだと思われたんだろうね、『いい子だね、感心だね』とか言って、こんなのくれた人もいた」

息子はそう言うとポケットから小さなキャンディーの包みを出した。キャンディーがいっぺん溶けて変形し、また自然に固まったという感じの、そうとう年季の入った包みのように見えた。

「ホームレスの人から物を貰《もら》っちゃったりしてもいいのかな、ふつう逆じゃないのかなってちょっと思ったけど。でも、母ちゃん、これって……善意だよね？」

と息子が言った。

「うん」

「善意は頼りにならないかもしれないけど、でも、あるよね」

うれしそうに笑っている息子を見ていると、ふとエンパシーという言葉を思い出した。

善意はエンパシーと繋《つな》がっている気がしたからだ。一見、感情的なシンパシーのほうが関係がありそうな気がするが、同じ意見の人々や、似た境遇の人々に共感するときには善意は必要ない。

他人の靴を履いてみる努力を人間にさせるもの。そのひとふんばりをさせる原動力。それこそが善意、いや善意に近い何かではないのかな、と考えていると息子が言った。

「明日も学校休みになるかなあ」

「先生たちがいま手分けして雪かきしているらしいから、それはないかもね」

「そうかあ。……じゃあ宿題やっとかなくちゃ」

息子だけではない。

母ちゃんも今回は、これから考える大きな宿題をもらった。

6

プールサイドのあちら側とこちら側

息子が市主催の中学校対抗水泳競技会に出ることになった。

体も小さいし、特にスポーツが得意なタイプでもないので、マラソンやサッカーなどで学校代表に選ばれることはないのだが、水泳だけは別である。なにしろ、わたしが福岡の海辺の街で育った人間であり、うちの故郷界隈《かいわい》では泳ぐことは歩くことと大差ないというか、いつの間にかできるようになっていて当たり前だった。だから、わたしの子どもに泳げないというオプションはない。しかも、赤ん坊のころから、帰省で福岡に連れて帰るたびにわたしの親父《おやじ》から鍛えられ（海に投げ入れられたときにはさすがに「それだけはやめて」と怒ったが）、ガンガン泳げるようになることは産む前から自明の理であった。

そんなわけで、うちの息子は泳ぎだけは得意であり、7年生代表のひとりに選ばれたと言うので、市民プールに競技会を見に行ったのだった。

市民プールの2階にあるギャラリーに上ると約250の座席はほぼ満席で、端のほうに空きを見つけて腰かけた。プールを見下ろせば、着替えを済ませた子どもたちがプールサイドに出てきて、学校別に定められた場所に集まっているところだった。息子が出て来たので手を振ると、向こうもわたしに気づいて笑って手を振り返す。と、隣の席に座っている金髪の女性も立ち上がって声を上げた。

「ジェシー、グッド・ラック！」

シャワー室のほうからプールサイドに出て来た少女が、こちらに向かって親指を突き上げている。

脇《わき》のお母さんの逞《たくま》しい腕には鎖が巻き付いた赤い薔薇《ばら》のタトゥーが施されていた。顔の半分ぐらいの大きさの円形のイヤリングをして髪をひっつめにし、アディダスのジャージのボトムに白いランニング、顔には複数のピアスがきらきら光っている。

しばしぼんやりとプールサイドを見つめていると、奇妙なことに気づいた。プールサイドのこちら側にはやたらと人が密集していて、反対側はガラガラなのである。向こう側に陣を取ることになっている学校が遅れているのだろうか。プールサイドの両側の人口密度の差に気を取られていると、脇から薔薇のタトゥーのお母さんが話しかけてきた。

「おたくはどこの学校？」

息子の中学校の名を言うと、彼女は言った。

「ああ、あそこの、最近がんばっている中学か。うちの娘はW中」

それはほんの数年前まで、元底辺中学校と市の中学ランキングの最下位を争ってい た学校だった。元底辺中学校がランキングの真ん中あたりまで浮上するにつれ、現底辺中学校の地位を不動のものにした学校である。「あそこの学校のサッカー・チームと試合したら、生きては帰れないって噂《うわさ》だよ」と息子が言っていた。

「娘さん、何年生ですか？」

と尋ねると、薔薇タトゥーのお母さんが答えた。

「うちは9年生。毎年この大会に出てるけど、何回来ても、親のほうが緊張する」

「うちの子は7年生なので、今年初めてです。……ところで、どうしてこんなにプールサイドのこちら側にばかり生徒たちがいるんですか？　向こう側はスペースがたくさん空いているから、何校か向こう側に行かせたらいいのに」

わたしが言うと、薔薇タトゥーのお母さんが答えた。

「ああ、向こう側は、ポッシュ校だから」

「ポッシュ校？　つまり、私立校ってことですか？」

「そう。こっち側は公立校で、向こうは私立校のサイド」

わたしは思わずお母さんの顔を見た。

「公立校と私立校が別々のサイドってことですか？　どうして混ざっちゃいけないんですか？」

「そんなことアタシに聞かれてもわからないけど」

と、隣のお母さんはもっともなことを言った。

「でも毎年、こうなっているよ。そういう決まりがあるんじゃないの」

そういう分け方をされているのなら、こちら側にわんさか人がいて、向こう側はゆったりしているのも当然だ。公立校の数は、私立校よりも多いからである。

英国は階級社会だとか、昨今ではソーシャル・アパルトヘイトなんて言葉まで登場している、というようなことを、わたしはこれまでさんざん書いてきたけれども、こうもあからさまな形で見せられるといまさらながらびっくりするな、と思った。

周囲の保護者たちを見回してみるが、プールサイドの両側の生徒数の差が激しいからどうにかすればいいのに、などと言っているのはわたしぐらいのものだった。日本人のわたしからすれば、私立校だろうが公立校だろうが学校は学校なんだから、アルファベット順にバランスよくプールサイドの両側に並べたらいいんじゃないかと思うが、どうもそれとは違う価値観というか、常識がこの場を支配しているらしい。プールサイドのこちら側では、水着姿の中学生たちが肩をこすり合うようにして体をすぼめて立っていた。人間がすずなりになっている様子を、英語で「缶詰のイワシのような」と表現するが、まさにその絵を思い浮かべてしまうような光景だ。

他方、プールサイドの向こう側はスペースが有り余っているので、腰を回したりしながら準備体操をしている生徒や、優雅に脚を伸ばして座り、談笑している生徒たちもいた。缶詰のイワシになっているこちら側が庶民サイドなら、向こう側はバケーションを楽しむエスタブリッシュメントという感じだ。それがけっして比喩《ひゆ》ではなく、本当に庶民とエスタブリッシュメントの子どもに分離されているのだからアイロニックな笑いの一つも浮かべたくなる。

ふと、プールサイドの向こう側に立っている少女の姿が目に入った。すらりと長身の、ビヨンセの妹のソランジュにちょっと似た黒人の少女が、じっとこちら側を見ていたような気がしたからである。

どこかで見た子だな。

と思ったが、エスタブリッシュメント・サイドにわたしと接触のある子なんているわけない。そう思い直してわたしはその大人びた容貌《ようぼう》の少女から目を逸《そ》らした。

世にも奇妙な水泳大会

レースが始まると、わたしはさらに妙なことに気づいた。市民プールのレーンは6つしかないので、参加校すべての代表選手がいっぺんに競い合うわけにはいかない。それで学年ごとの種目別レースはどれも男女2回ずつ、計4回行われていた。例えば、7年生の男子背泳ぎが2回、女子背泳ぎが2回、という風にである。で、大会参加校は9校なので、それなら5校と4校とか、4校と5校とか、一回目と二回目で選手の数ができるだけ半々になるように分ければいいものを、常に一回目の競技が6校、二回目は3校で競い合っている。これでは、6校で競い合う一回目のレースに出る代表選手たちのほうが勝てる確率が低くなって、フェアとは言えない。

が、そのうちどうしてそうなっているのかわかった。一回目の競技にはプールサイドのこちら側から選手が6人出て行って、二回目の競技になると向こう側から選手たちが3人出てきてスタート台に立っているからだ。

つまり、競技待ちの場所がプールの両側に分かれているだけでなく、庶民側とエスタブリッシュメント側は競技も別々なのである。

「公立校と私立校は、一緒に泳がないんですね。これも毎年そうなんですか？」

と隣の薔薇タトゥーのお母さんに言うと、彼女が答えた。

「うん。これも毎年そう」

「徹底して分かれているんですね」

さらにレースを見ていると、この水泳大会は、英国社会のハードな現実をそのまま体現していることに気づいたのである。

一回目の公立校のレースでは、1位になる学校はほぼ毎回同じだった。地域の中学校ランキング1位を走っている公立カトリック校か、またはランキング2位の高級住宅街にある中学校である。まず、6人の代表選手たちがスタート台に上がると、カトリック校と裕福な地域にある公立校の選手は、見ただけでわかった。プロフェッショナルというか、本格的な競泳用の水着を着ているからだ。つまり、この中学生たちは、幼い頃からスウィミング・スクールで鍛えられ、現在はスウィミング・クラブで競泳選手として活動している子たちであり、素人《しろうと》スウィマーではありませんよ、ということなのだ。それは彼らの飛び込みのフォーム、レース運び、25メートル泳いでから折り返してくるときのターンの仕方、などを見ても明らかだった。

他方、例えば、薔薇タトゥーのお母さんの娘が通っている現底辺校の代表選手たちは、それ夏休みにビーチに行くときに着ているやつでしょ、みたいな水着を着ていて、見るからに素人臭い。飛び込みだって平気で腹打ちしていて、いかにもそこらへんの中学生という感じだ。泳ぎのフォームも不格好で、正式なターンの仕方も知らず、プールの端に手でタッチしてただ折り返す、みたいな調子だから、どうかすると1位の学校に20メートルぐらい差をつけられてゴールしており、ほぼ常に最下位である。

その点、私立校3校の代表選手が出場する二回目のレースでは、各校の力は均衡していたが、これはもう、公立校のレースとはまったくの別物と言ってもよかった。まるでオリンピック選手のような美しい飛び込み、ほんの数ストロークで25メートルが終わってしまう感じの優雅なフォーム、そしてくるっと水中で回転する折り返しのターンにいたっては、人魚と見まがうほどの華麗さである。

これは確かに、一回目に出場している公立校と、二回目に出場している私立校の選手たちを混ぜたら、実力の差があり過ぎてレースにならないだろう。大人と子ども、という言葉で同じ学年の中学生を表現するのもおかしな話だが、まったく勝負にならない。

男女の背泳ぎとメドレーリレーが終わったところで、レースはいったん中断し、それぞれの学年の1位から3位までの選手にメダルの授与が行われた。と言っても、私立校は3校で競い合っているので、メダル授与をしていると全員もらうことになってしまう。だから、ここだけは公立・私立校を一緒にし、レース中に計ったタイムで速い順番から金、銀、銅のメダルが与えられていた。3位から順に学校名と生徒名が呼び出され、メダルをもらいに選手たちが出ていく。当然のようにアナウンスされるのは私立校の名前ばかりだった。時々、公立カトリック校と裕福な地域の公立校が2位か3位に入っていることもあったが、元底辺中学校などのいわゆる「ふつうの学校」の生徒がメダルを貰《もら》うことはない。

公立校だけのレースを見ていても、競泳の順位は、学校ランキングの順位とまったく同じであることがわかるように、学業で優秀な学校が、水泳でも優秀なのである。

英国の場合はプールのない公立校もけっこうあるので、学校では水泳はさわり程度しか教えておらず、どのくらい泳げるかは学校の外での訓練にかかっている。優秀な公立校の地域は住宅価格が高騰して高級住宅地になっているので、そういうところに住める親は子どもに習い事をさせる経済的余裕がある。また、カトリック教会に所属して子どもをカトリック校に入れる保護者たちも圧倒的にミドルクラスが多い。つまり、親の所得格差が、そのまま子どものスポーツ能力格差になってしまっているのだ。

むかしなら、勉強のできない子はスポーツができるとか、そういうこともあったたし、労働者階級の子どもが金持ちになりたいと思ったらサッカー選手か芸能人になるしかない、と言われた時代もあった。だが、いまや親に資本がなければ、子どもが何かに秀《ひい》でることは難しい。そのリアリティーが目の前で展開されているのを見ると、なんとも暗い気分になった。

そのうち、フリースタイル50メートルの競技が始まり、7年生男子の部でうちの息子が出て来た。民間の本格的なスウィミング・スクールやクラブに通わせているわけではないが、市の水泳教室に8年間通っているので、彼は飛び込みやターンなど一応のことはできる。だが、それ以上に、九州の福岡の海で土建屋の祖父から鍛えられてきた泳ぎ手である。

なにがスウィミング・クラブじゃ。乳児のころから玄界灘《なだ》の荒波に投げ込まれてきたガキの意地を見せろ。と思っていると、あっさり1位になった。

元底辺中学校の生徒たちや教員が跳び上がって喜んでいる。だが、ここで1位になったからと言って、私立校のレースにはもっと凄《すご》い選手がいて、もっといいタイムを出すに決まっているので、息子がメダルを貰えるわけではなかった。

庶民とエスタブリッシュメントの間には越えられない高い壁が聳《そび》えているのである。

下層上等！　下品上等！

　そんなわけで、速い選手や華麗な泳ぎっぷりはすべて私立校のレースに集中していて、公立校のレースは見劣りのするものだったのだが、9年生の男子フリースタイル50メートル競泳でその様相が一変した。

　公立校のレースで、いきなり派手な柄パンみたいなだぼだぼの海水パンツをはいた選手がスタート台に現れたときのことである。真っ黒なゴーグル姿がグラサンをかけてビーチをうろつく兄ちゃんみたいで、競泳大会には場違いな感じで浮いていたのだけれども、この少年がめちゃくちゃ速いのだった。優美なフォームで泳ぐわけではなかったが、弾丸のように泳ぐというか、とにかくエネルギッシュで圧倒的な速さを見せつけ、2位の選手が折り返したのとほぼ同時にすでに50メートルを泳ぎ切ろうとしていた。

「ゴー！　ゴー！　ジャーック！」

　薔薇タトゥーのお母さんが立ち上がって声援を贈っていた。場内を見渡せば、ギャラリーのあちらこちらで彼女のように立ち上がり、大声で叫んでいるおばさんやおじさんたちがいる。弾丸少年がゴールすると、薔薇タトゥーのお母さんは「ぎゃあああああっ」ともうほとんど乱心したような声を上げて両手を挙げて跳び上がった。

「あの子、うちの学校の子なんだよ。うちのヒーローなんだ」

薔薇タトゥーのお母さんは興奮して言った。

「すっごい速いですね。私立校の選手よりいいタイムが出てそう」

「当たり前だろ。あの子は小学生のときにスカウトされて、才能があるから無料でコーチに訓練受けてる。コーチと一緒に全国を回っていろんな大会に出てるんだから」

脇のお母さんはまるで自分の子どものことのように誇らしげに話した。

専属コーチがついてちゃんとした競泳大会に出ているのなら、あんなふざけたヤシの木の柄の海パンじゃなくて、きちんとした競泳用水着を持っているはずだ。ということは、彼はわざとあんな恰好《かっこう》をしているのだろうか。地元の中学校対抗の水泳大会なんて、はなから舐《な》めきっているのかな、と思っていると、再びレースは中断し、メダル授与の時間になった。

平泳ぎ50メートルから授与が始まり、フリースタイル50メートルの結果発表になると、なんと7年生男子の部でうちの息子が3位に入っていた。元底辺中学校からは初のメダルである。プールサイドのこちら側の元底辺中学校の陣地からわっと歓声が上がり、息子はちょっと恥ずかしそうにおずおずと出て行って、メダルを受け取った。他の公立校の選手や教員もさかんに拍手を贈っている。

やがて9年生男子フリースタイル50メートルのメダル授与式が始まった。ピタッとしたサイクリングパンツみたいな競泳用トランクスをはいた私立校の選手が、銅メダル、銀メダルの順番で名前を呼ばれてメダルを取りに行き、「当然だろ」みたいな涼しい顔つきでプールサイドの反対側に戻って行く。次に1位の選手の学校名と名前がアナウンスされると、脇の薔薇タトゥーのお母さんやら、あちらこちらの座席に散らばっている現底辺中学校関係者らしき人々やら、プールサイドにいる同校の生徒、教員やらが、「わーっ」と怒濤《どとう》のような声を上げた。くだんの柄パン選手が、現底辺中学校の陣地からメダルを受け取りに出て来た。公立校初の金メダルである。柄パン選手はメダルを受け取ると、プールサイドのこちら側に向かって両腕を挙げて大袈裟《おおげさ》に力こぶをつくって見せ、両手を唇にあてて派手なしぐさで何度も投げキッスを飛ばした。

もうギャラリーで見ている同校のお母さんたちは大騒ぎだ。親指と人差し指を口の中に突っ込んでぴいーーーっと指笛を吹いている人や、「ジャ――――ック！」と黄色い声を上げている人もいる。

淡々と品よく行われていたメダル授与式が、突然ジャスティン・ビーバーのコンサートみたいになった瞬間だった。なんてサービス精神にあふれた少年だろう。このサービス精神は、現底辺中学校関係者だけでなく、明らかにプールサイドのこちら側にいる生徒たちにも向けられていた。愛校心、というよりも、愛階級心というか。英国の労働者階級にはこういうところがある。下層上等！　下品上等！　と言っているかのようだ。

この不遜《ふそん》さの根源にあるものは、自分たちの階級に対する彼らのプライドなのだろう。ジャックという柄パン少年にしても、然《しか》るべき大会でメダルを貰うときにはこんな投げキッスなんてしないはずだ。公立校の子は私立校の子には滅多に勝てないという事実、公立校の生徒は狭い場所に押し込まれて缶詰のイワシになっているファクト。それを、彼は思い切り笑い飛ばしてやろうとしているように見えた。プールサイドのこちら側のティーンたちも、みんな割れんばかりの拍手を彼に贈っている。

庶民とエスタブリッシュメント。

99％と1％、という言葉が浮かんだ。正確には、このプールサイドの場合は6校と3校だが。

そんなことを考えながら場内を見ていると、ふと、プールサイドの向こう側から、またあのソランジュみたいな少女がこちらを見ていたような気がした。

大会が終わり、市民プールの玄関の前で息子が出て来るのを待っていた。次々と着替えを済ませた生徒たちが出てきて、友人や保護者と合流し、談笑しながら去っていく。

そのうち息子が出て来たので「よくやったね」と話しかけていると、あのソランジュみたいな黒人の少女が名門私立校の制服を着て出て来たのが見えた。上品なミドルクラス風の金髪の中年女性が「リアーナ！」と手を挙げて呼び、少女はにっこり笑って金髪の女性に歩み寄り、肩を抱かれて一緒に駐車場のほうに歩いて行った。

リアーナという名前が頭の中でいつまでも残響していた。

懐《なつ》かしい名だったからだ。むかし底辺託児所で預かっていた、白人の母親と黒人の父親を持つ女の子の名前。父親はＤＶで刑務所に服役中で、シングルマザーの母親が育児放棄の疑いを持たれソーシャルワーカーが介入していた家庭だった。市の福祉課にリアーナを取り上げられまいと必死で踏ん張っていた母親は、さっきの女性より年齢的にずっと若かったし、髪もブルネットで、頻に夫から暴行を受けたときの傷跡があった。わたしが民間の保育園に転職してからあの母子に会ったことはないが、底辺託児所のリアーナも、ちょうどあのくらいの年恰好になっているはずだ。それに、リアーナ、などというポップスターの名前を、私立の名門女子校に子どもを通わせるような階級の親が自分の娘につけるだろうか。

いろんなことが頭の中をぐるぐる回っていた。「母ちゃん」と腕を突つかれて息子のほうを見ると、誇らしげに制服の上から銅メダルをさげている。

「明日、学校に持って来いって校長先生が」

「なんで?」

「しばらく校長室に飾るんだって。なんか、すごく嬉《うれ》しかったみたい」

メダルをさげた胸を突き出さんばかりにして歩き出す息子の後をわたしも追いかけた。

と、急に駐車場のゲートが開き、わたしたちは立ち止まった。走り出て来た車の運転席にはさきほどの金髪の女性、そして助手席にはリアーナと呼ばれていた少女が、優美な鳥のように長い首をかしげて座っているのが見えた。

ぽつぽつと降り出した冷たい雨の中を、その白いアウディはゆっくりと通り過ぎ、スピードを上げながら大通りのほうに消えて行った。

7　ユニフォーム・ブギ

息子が元底辺中学校に入ってからというもの、わたしはボランティア活動がしたくてうずうずしていた。

英国の公立小学校は、保護者のボランティア活動によって成り立っていると言ってもいい。特に、2010年に政権を握った保守党が悪名高き緊縮財政政策を始めてから、教育への財政支出が毎年これでもかというほどカットされ続けており、教員の数が減らされ続けている状況下では、保護者の協力なくして小学校は運営できない。遠足、プール、球技大会など、大勢の子どもたちを学校の外に移動させるとき、または学校の中で大きなイベントがあるときもきまって保護者が駆り出される。

だが、中学生ともなると、生徒たちは自分でいろんなところに移動できるし、引率や監視役も教員だけで事足りる。だから保護者ボランティアは必要なくなるが、音楽部だけは違った。楽器演奏経験のある保護者が必要なのだ。と言っても別に教えたりするわけではなく、楽器のクリーニングを行ったり、メンテ的な仕事が主らしいのだが、元底辺中学校の中でも飛びぬけて楽しそうというか、何かとわたし好みの音楽部である。ボランティアに応募しようと思ったのだけれども、希望者が多く、保護者がボランティアの空き待ちリストに名を連ねている状態だった。しかも彼らは、90年代にアルバムをリリースしたことのある元バンドマン（いま会社員）とか、地元では有名な楽器店のオーナーさんとか、玄人揃《くろうとぞろ》いだという噂《うわさ》を聞いてしまったので素人《しろうと》のわたしは諦《あきら》めた。

で、その代わりと言っては何だが、制服のリサイクルを行っている女性教員と保護者たちのグループを手伝うことになった。このリサイクル隊は、中古の制服を保護者たちから募り、日本円で言えば50円とか１００円とかで販売していて、寄付された制服がほつれていたり、破れていたりすることがあるので、それらを繕《つくろ》う人を募集していたのだ。

わたしの配偶者は身長が低いので、ジーンズやズボンの丈をいつも切らなければならず、全部わたしのところに持ってくるので、こんなもの手作業でできるか、ミシンを持って来い、と言ったら本当に中古家具の店でミシンを買ってきやがった。ところが、これがぼろっちくて年季が入っているとはいえ立派な工業用ミシンで、スウェットやニット地でもバッチリ縫《ぬ》えるし、トレーナーやポロシャツのまつり縫いなんかも楽々だ。

そんなわけで、わたしはミシン付きでボランティアに応募して、めでたくリサイクル隊の一員になったのだけれども、のっけから半端《はんぱ》でない数の制服が家にやって来た。というか、平素はそんなに数はないらしいが、たまたまボランティアを始めた週が、学校がロスト・プロパティ（忘れ物）を処分する時期と重なってしまった。そのため誰もロスト・プロパティの箱から取って行かなかった制服が黒いビニールのゴミ袋（しかもパンパンに膨れている）5つに詰められて自宅に届き、ちょっと待ってください、これ全部縫うんですかとたじろいでいると、車で届けに来た女性教員が言った。

「少しずつ、暇なときに繕ってくれたらオッケーだから。たくさんあるもんね」

息子の科学の先生で保護者面談で話したことのある彼女は、ざっくばらんな感じで一見すると教員には見えない。ブルネットの髪の一部に紫のメッシュを入れていて、生徒たちからは「ミセス・パープル」というニックネームで呼ばれている。そのミセス・パープルから、実際にどういう風に繕えばいいのか、やり方にきまりはあるのかを教わってから、わたしはキッチンで紅茶をいれて居間に戻ってきた。

「まったく、もう30年以上、中学の教員の仕事をしているけど、サッチャーの時代でもこんなにひどくはなかった」

ソファに腰かけたミセス・パープルはそう言って紅茶を口に含んだ。

「制服を買えない生徒たちが大勢いるのよ。このリサイクル・グループを始めたのは、つんつるてんの制服を着てる子や、びしょびしょの制服を着て来る子が目立つようになった頃。ちょうど5、6年前になる。大きなサイズの制服が買えなかったり、制服が一着しかないから洗濯して乾いてなくても着て来なきゃいけない子たちが出てきて、いったいいつの時代の学校なんだと思った」

前の労働党政権は、英国から子どもの貧困をなくすと言った。人々はそんなことは絶対に不可能だと笑ったが、実際に1998〜99年度には340万人だった貧困層の子どもの数が、2010〜11年度には230万人になり、子どもの貧困はゼロ年代には順調に減少していたのである。ところが、2010年に政権を奪回した保守党政権が大規模な緊縮財政を始めてから、その財政支出削減の影響がダイレクトに貧しい層に表れ、2016〜17年度では、平均収入の60%以下の所得の家庭で暮らす子どもの数が410万人に増えていた。これは英国の子どもの総人口の約3分の1になる。

「小さい子どもたちは『お金がないから買えない』って言えるけど、中学生になると一生懸命に隠すようになる。だから、お臍《へそ》が見えそうになったポロシャツを着ている子にそっと新品を買って渡したり、ファスナーが閉まらなくなってるスカートを毎日はいて来る子にお金をあげたり、そういうことを教員が自分でやり始めた。だけど、これじゃ私たちが破産しちゃうぞと思ってね、それでこのリサイクルを始めたの」

「そうだったんですね」

「でも本当は制服だけじゃ足りない。女性の教員の中には生理用品を大量に買って女生徒に配っている人もいる。私服を持ってないから私服参加の学校行事に必ず休む子もいて、スーパーでシャツとジーンズを買ってあげたこともあった」

「中学の先生がそんなことまで……」

わたしが驚くと、ミセス・パープルは言った。

「うちのような学校は低所得層の子どもが多いから、政府から『児童特別補助《ピューピル・プレミアム》』という補助金がたくさん入っているの。いまの校長は学校のレベルを上げることに熱心だから、それを教育のために使っている。授業について行けない子たちを少人数の別クラスで特別に教えたり、他校が一クラスの人数を増やしているときに逆に減らすことにも成功している。うちの学校が演劇や音楽やストリートダンスに力を入れられるのもその補助金があるおかげ。でも、それだけじゃ足りないのよ」

2011年に導入されたピューピル・プレミアムの対象は、過去6年間にフリー・ミール制度の対象になった16歳までの子どもだ。ひとりあたり年間935〜1900ポンドが支払われ、成果を毎年報告することになっている。

「もう授業やクラブ活動のためだけに学校予算を使える時代じゃない。貧困地区にある学校は、子どもたちの生活というか基本的な衣食住から面倒を見なければいけない」

スクール福祉

ミセス・パープルは紅茶のマグの取っ手を親指でこすりながら続けた。

「一応、わが校では『ピューピル・プレミアム』の補助金から『社会的包摂費』という予算が取られていて、それが緊急のときに生徒やその家庭を助けるために使われているんだけど、3年前、当時の10年生が事故で亡《な》くなったことがあって、その予算から葬儀費用を出したこともあった。その子の家族には葬儀を出すお金がなかったからよ。中学生の子どもが亡くなるなんて誰も思わないから、葬儀のためにお金を貯《た》めたりしないじゃない。保護者も知人や近所の人にお金を借りようとしたけど、みんな似たような境遇でお金に困っている人たちばかりで……、だから学校の予算から葬儀費用を出すことになったの」

「そうなるともう、学校とは呼べないですよね。何か別物の役割まで果たしている」

ミセス・パープルはわたしの言葉に頷《うなず》いた。

「緊縮が始まってからずっとそう。貧困地域にある学校は、どこも同じことをやっている。教員をやっている友人たちはみんな似たようなことを言っている。保守党の教育予算削減で私たちの賃金は凍結されているのに、こっちがポケットから出して使うお金は増える一方だねって愚痴り合ってるんだけどね」

「滅茶苦茶《めちゃくちゃ》な話ですね」

「昨日の夕食は食パン一枚だったって話している子の言葉を聞いちゃったらどうする？　朝から腹痛を訴えている子のお腹《なか》がぐうぐう鳴っていたらどうする？　昼食を買うお金がなくて、ランチタイムになったらひとりで校庭の隅に座っている子の存在に気づいたらどうする？　公営住宅地の中学に勤める教員たちは、週に最低でも10ポンドはそういう子たちに何か食べさせるために使っていると思う。学校全体の学力を上げたり、公立校ランキングで順位を上げたりするのも大事なことだけど、勉強やクラブ活動どころじゃない子たちもいるのよ。まずご飯を食べさせないと、それ以外のことなんてできるわけがない」

元底辺中学校の古参教員であるミセス・パープルは、現在の校長の方針に不満を持っているようだった。教育や課外活動のために補助金を使うのではなく、むしろ貧しい子どもたちやその家庭を危機から救い、助けるために予算を使うべきだと彼女は考えているのだった。

だが、教育機関が市の福祉課の仕事を兼任しなくてはならない状況はおかしい。「小さな政府」という言葉を政治について議論する人々はよく使う。が、現実問題として政府があまりに小さくなると、「恵まれない人に同情するならあなたがお金を出しなさい。そうしないのなら見捨てて、そのことに対する罪悪感とともに生きていきなさい」みたいな、福祉までもが自己責任で各自それぞれやりなさいという状況になるのだ。

確かに末端で貧困家庭の子どもを見ている教員たちは、彼らを食べさせるのが先だと思うだろう。それは当然のリアクションだ。元底辺中学校にしても、「元」がつく前は、もしかすると学校の方針として、教育よりもそちら側のことに集中していたのかもしれなかった。

「私たちだって、できれば教育に専念したい。子どもたちに試験でいい成績をおさめて、成功してほしいし、階級を上って行ってほしい。だけど、彼らにはその前段階である衣食住が整っていない。福祉課の手が回らないというのなら、少なくとも日中は生徒を預かっている学校がやるしかないじゃない」

とミセス・パープルは言った。

「ミドルクラスの人たちが公営住宅を買って引っ越してくるようになってから、校長は学校の評判を上げることに躍起になっている。おかげで貧しい子どもたちが隅っこに追いやられている気がする。以前よりも、貧しい子たちにとってはつらい状況になっていると思う。貧困って、周囲に似たような人たちがいる貧困よりも、自分だけが貧乏な貧困のほうが本人には苦しい。お腹がすいているとき、他の子たちも同じ境遇だったら口に出して言えるけど、自分だけだったら言えなくなる」

わたしは「そうですね」と頷いた。身に覚えのある話だったからだ。

むかし、進学校と言われる高校に行ったときにわたしもそういう体験をした。中学は地元のヤンキー校に通ったので貧しい友人たちも多かったが、高校に行ったら学校で家のことは話せなくなった。お金がなくて学食でパン一つしか買えないときも、「ダイエット中」と嘘《うそ》をついて、楽しいランチタイムに陰気なムードを注入しないように気を遣っていた。本当のことを言えば友人たちはきっとお金を貸してくれたり、食事を分けたりしてくれただろう。でもわたしには言えなかった。言ったら死ぬ、ぐらいに思っていた。

リサイクル隊で制服の繕い作業をするようになってから、ミセス・パープルだけでなく、他の女性教員たちや、以前から制服リサイクルに関わっている母親たちからもこうした話を聞かされるようになった。

バス代がなくて学校に来られなくなった遠方の子のために定期代を払った教員の話、素行不良の生徒を家庭訪問した教員がその家に全く食べ物がなかったことに気づいてスーパーで家族全員のための食料を買った話、ソファで寝ている生徒のために教員たちがカンパし合ってマットレスを買った話。仕事を探している移民の母親たちのために履歴書の書き方講座を開いた教員や、移民局との間に立って移民の家族の代わりに手紙を書いたり、電話で抗議したりしている教員もいるという。

貧困地域にある中学校の教員は、いまやこんな仕事までしているのだ。

この国の緊縮財政は教育者をソーシャルワーカーにしてしまった。

君は僕の友だちだから

ミセス・パープルに賛同する女性教員たちと母親たちが始めた制服のリサイクル活動は、50円や100円で制服を売ることが目的で行われているわけではない。だから、「制服が必要な生徒を知っていたら、販売会まで待たずとも、自由にあげていいよ」と言われた。

真っ先に思いついたのは、息子の友人のティムのことだった。学校帰りにうちの息子と一緒に歩いている姿を見かけたとき、制服のトレーナーがずいぶん年季が入った感じに変色し、ズボンの裾《すそ》が擦れてギザギザになっていたことを思い出したからだ。

週末にミシンで作業していると息子が言った。

「ねえ、母ちゃんが縫ってる制服、僕が買うことは許されてるの？」

「え？　でもあんた制服は全部2枚ずつ持ってるじゃん。どっかほつれてるならいま一緒に縫っちゃうから持ってきて」

「いや、僕じゃないんだ。友だちにあげたいんだけど……」

「……ティム？」

同じことを考えていたのかなと思って尋ねると息子は頷いた。

「トレーナーの肘《ひじ》のところが薄くなってきてて、なんかちょっと、腕が透けて見えちゃうようになったから、お兄ちゃんのお古のトレーナーを着て来るようになったんだけど、トレーナーの袖《そで》や丈が長すぎて、笑ってるやつらとかいてムカつくんだ」

「いつもそうやって必ず笑うやつらがいるんだよね」

「もしもまた学校で喧嘩《けんか》とかしちゃったら、今度はティム、停学とか大変なことになっちゃうかもしれないし」

息子は学級委員っぽい神妙な顔つきで言った（いつの間にか彼は今度は学級委員になってしまっているのだった）。

「持ってっていいよ。袋の中から小さいサイズを探して持ってきて。先に縫っちゃうから。2枚ぐらい持ってってあげたらいい。あと、ズボンも」

と言うと、居間に並べてある黒いゴミ袋を開いてごそごそと中古の制服を物色し始めた。が、急に手を止め、こちらを振り返って言った。

「でも、どうやって渡せばいいんだろう」

「え？」

「学校に持って行って渡すのは、ちょっと難しいと思う」

「ああ、そうだね」

息子は人目のあるところでは渡しにくいと言っているのであり、それはなぜかというと、ティムが受け取りにくいからだということがわかる年頃になったのだ。

「リュックの中に入れておいて、帰り道で2人になったときに渡せば？」

とわたしが提案すると、息子は言った。

「それもなんとなくわざとらしいっていうか、第一、何て切り出せばいいの？」

「……」

確かにそうである。高校時代に、貧乏と言ったら死ぬ、とわたしが思っていたように、ティムだって友だちから制服をもらって嬉《うれ》しいとは限らない。傷つけてしまう可能性もある。

むかし、貧困家庭の人々が集まる託児所に勤めていた頃は、その託児所じたいが低所得者や無職者を支援するセンターの中にあったから、こういうことは考えずに物をあげたり、もらったりした。そこに来ているのはみんな困っている人々だという大前提があったので、利用者たちの間では、気取る必要も、恥をかくという意識もなかったのである。

けれどもその貧者の相互扶助サークルは閉じた特殊な世界でもあったのだ。

一歩その外側に出れば、困っている人を助けるということはこんなにもトリッキーなことになり得る。

「学校帰りに、うちに連れておいで」

そうは言ったものの、彼の前でこれ見よがしにガタガタとミシンをかけながら、「あれー、このサイズ、ちょうどティムぐらいじゃん、持って帰る？」とか言うのもなんかベタ過ぎるよなあとか、「これだけあるんだからこっそり好きなの持って帰っていいよ」とか言って自分で袋の中を物色させたとしてもティムのサイズの制服だけすでにちゃんと繕ってあるのも変だよなあとか、考えている間に月曜日がやってきて、学校帰りに息子がティムを連れてきた。

とりあえず、なんとなくミシン作業をはじめておこう、と決めて居間に制服のゴミ袋を並べてミシンをかけながら2人の到着を待っていたのだが、息子と一緒に部屋に入ってきたティムは、制服の山に目を留めた。

「何、これ」

「母ちゃんが、制服のリサイクルを手伝い始めたんだ。ほら、ミセス・パープルがやってるやつ。不要な制服があったら持って来いって、こないだもプリント配ってたじゃん」

「ふうん」

2人はソファに腰かけてゲームを始めた。熱中している様子なので、とりあえずジュースとお菓子を出し、そのままわたしもミシン作業を行っていたのだが、突然ティムの兄から彼の携帯に電話がかかってきた。すぐ帰ってくるように言われたという。ティムの母親の妹が、小学生の子どもを預けに来たらしいが、ティムの母親は仕事のシフトが入ったから、従弟《いとこ》の面倒を見るのを手伝えと言われたらしい。

「うちの叔母ちゃんの子ども、双子なんだけど、わがままで大変なんだ。兄ちゃんはキレやすいタイプだから、僕が帰ったほうがいいと思う」

そう言ってティムがソファから腰を上げた。

こんなにすぐ帰るとは想定してなかったので、えっ、まだ制服を渡してないじゃん、と焦《あせ》っていると、息子も同じことを考えているようで、わたしのほうを振り向いた。これティムのためにとっておいた制服は紙袋に入れてミシンの脇《わき》に置いてある。「あれー、これティムのサイズじゃん」とかいうわざとらしい芝居をする準備もまだ全くしていなかったのである。

「母ちゃん、それ」

と息子が言うので、わたしは急いで紙袋を彼に渡した。玄関のほうに歩いていくティムの後ろを袋を下げた息子が追いかけていく。

「ティム、これ持って帰る?」

息子はそう言ってティムに紙袋を差し出した。ティムは「何、これ?」と言ってそれを受け取り、中に手を入れて制服を出した。

「母ちゃんが繕ったやつ。ちょうど僕たちのサイズがあったからくすねちゃったんだけど。ティムも、いる?」

ティムはじっと息子の顔を見ていた。

「持って帰って、いいの?」

「もちろん」

「じゃあ、お金払う。だってミセス・パープルが怒るだろ。今度来るときに持ってくる」

ティムがそう言うので、わたしが脇から彼を納得させるために言った。

「気にしなくていいよ。どうせいくつ制服があるかなんて誰も数えてないんだし。それに、わたしがお直し不可能と判断した制服は捨てていいことになっているから、全然問題ない」

ティムは半信半疑というような目つきでこちらに一瞥《いちべつ》をくれた。

「でも、どうして僕にくれるの？」

ティムは大きな緑色の瞳《ひとみ》で息子を見ながら言った。

質問されているのは息子なのに、わたしのほうが彼の目に胸を射抜かれたような気分になって所在なく立っていると、息子が言った。

「友だちだから。君は僕の友だちだからだよ」

ティムは「サンクス」と言って紙袋の中に制服を戻し、息子とハイタッチを交わして玄関から出て行った。

「バーイ」

「バーイ。また明日、学校でね」

玄関の脇の窓から、シルバーブロンドの小柄な少年が高台にある公営団地に向かって紙袋を揺らしながら坂道を登っていく後ろ姿が見えた。

途中、右手の甲でティムが両目を擦《こす》るような仕草をした。彼が同じことをもう一度繰り返したとき、息子がぽつりと言った。

「ティムも母ちゃんと一緒で花粉症なんだよね。晴れた日はつらそう」

「うん。今日、マジで花粉が飛んでるもん。今年で一番ひどいんじゃないかな」

息子はいつまでも窓の脇に立ち、ガラスの向こうに小さくなっていく友人の姿を見送っていた。ティムの手元でぶらぶら揺れる日本の福砂屋のカステラの黄色い紙袋が、初夏の強い光を反射しながらてかてかと光っていた。

8　クールなのかジャパン

わたしが毎月しこしこ書いているこの原稿のタイトルが「ぼくはイエローでホワイトで、ちょっとブルー」だということを知ったうちの息子が、「人の走り書きを勝手に使うな」「著作権料を支払え」とうるさいのだが、彼はふと真顔になってこう漏らした。

「でも、ほんとは『ぼくはチンキーでホワイトで、ちょっとブルー』のほうがよかったよね」

英国のストリートでいわゆる人種差別的なことを言われるとき、我々のことを「日本人」と特定してからかってくる人はまずいない。たまに、いったいどうしてわかるのかピンポイントで「日本人ですね」とか「コンニチハ」とか言ってくる人もいるのだが、だいたいそういう人は差別的言動というよりも、日本に行ったことがあるとか、アニメやマンガなどのジャパニーズ・カルチャーに興味があるとかで（日本人女性にとても興味がある、というケースも往々にしてある）、一般的な英国の人々よりも日本についてよく知っている確率が高い。

そのテの日本好きの人々は、だいたいロンドンに多く生息している（「アイ・ラヴ・ジャパニーズ・ガールズ！」とリージェント・ストリートで絶叫していたおっさんを見たこともある）。しかしブライトンのような地方の街では、一見して「日本人」と特定されることはそんなにないし、だいたい中国人と言われることが多い。たまに「韓国人」、「フィリピン人」などの変化球もあるが、日本人が白人や黒人、中東人などを見ても、「この人はデンマーク人」「この人はセネガル出身」「イラクの人だ」と見分けることができないように、英国の人たちにとっても東洋人は一つのグループとして認識されている。で、そのグループに対する差別的呼称が「チンク」とか「チンキー」であり、これは英国で暮らす日本人なら、一度や二度は言われたことがあると思う（上の階級のほうではないだろうけど）。

「チンクとかチンキーとか言うとき、だいたい先方は中国人を想定しているよね」

と息子は言う。

「シティズンシップ・エデュケーションで、先生がレイシズムについて話していたんだけど、『チンク』は中国人に対する差別用語だって言うから、僕は手をあげて発言したんだ。『それは違います。うちの母親は日本人だけどその言葉を言われています』って」

「はははは」

わたしは力なく笑ったが、そうなのである。うちの息子はわたしが人種差別される姿を見て育っている。

「けど、最近は僕も『ファッキン・チンク』とか言われるようになったしね」

わたしの笑いのビターさに気づいたのか、息子が気を遣《つか》って言った。彼は小さい頃は色素が薄くて父親に似ていたのだが、成長するにしたがってわたし（正確にはわたしの妹）に似てきて、道端でも東洋人と確定される機会が増えてきた。

「『チンキー』だけじゃなく、『パキ』とか別の言葉についても授業で習ったの？」

と尋ねると、

「うん。そういう言葉が誰を指すのか、どうして言ってはいけないのかを先生が話した後、みんなでディスカッションした」

そういえば……。

と、わたしはあることを思い出した。それはわたしが英国に住むようになって2年目ぐらいのことだった。当時、わたしは日系新聞社のロンドンの駐在員事務所で働いていたのだが、同僚に記者アシスタントとして働いていた英国人の青年がいた。日本に住んだ経験もあり、海外旅行の経験が豊富なインテリで、ざっくばらんな人柄だったので気が合ったが、ある日、彼とわたしの意見が激しく対立したことがあった。

英国に赴任してきたばかりの日本人記者が、「パキ」というのはどういう意味なのか、それはタブーな言葉なのか、とアシスタントの青年に質問したのである。アシスタントの青年は、「パキ」というのは「パキスタン人」を短縮化した言葉だが、実際にはパキスタン人だけでなく、インドやバングラデシュなど南アジア諸国出身の人々や、外見が似ていることから中東の人々を指すこともある呼称だと答えた。ここまではいいのだが、その後で彼はこう言ったのである。

「でも、この言葉が『ニガー』みたいなタブー語かと言えばそれは違う。英国人は親密な感情を込めてこの言葉を使うこともある」

「えええええっ？」

脇《わき》で各紙社説を切り抜いてスクラップにしていたわたしは思わず叫んだ。

「それは違うよー。その言い方はあまりに乱暴」

「そんなことないよ。例えば、パキスタン人経営の雑貨屋が僕たちのフラットの前にあるんだけど、僕らは『パキ・ショップ』とそれを呼んでいる。別に差別的な気持ちじゃなくて、行きつけの、店員とも親しくなった馴染《なじ》みの店、ぐらいの感覚でね」

と言いながら爽《さわ》やかな笑顔を浮かべた彼を見ていると、ああ、そうだ、彼はオックスブリッジ卒のエリートな仲間たちとフラット・シェアしていたと思い出した。こういう若者たちはほんとに何の悪気もなくワイングラスを傾けながら親愛の情をこめて「パキ」とか言ってんだろうなと、その姿がありありと目に浮かぶようだった。

「けど、『パキ』ってのはもともとタブロイド紙が元植民地出身の移民を差別心を込めてネガティヴに呼んだ言葉でしょ」

「だけどそれは60年代とかの、大昔の話だよ。時代とともに言葉の用法は変わるのさ」

いやいやいや、あなたたちの階級では時代はマッハの速度で前進するのかもしれないけれども、下層の街ではいまだに60年代とたいして変わらない意味で使われていることが多いですよ、と思ったわたしは後で給湯室《キッチン》でこっそり日本人記者に言ったのだった。

「『パキ』とかぜったい人と喋《しゃべ》るときに使わないほうがいいし、間違っても記事の中に書かないほうがいいと思います」

それから数年後、わたしはロンドンへの通勤生活をやめてブライトンに落ち着いたのだったが、インド人店主が経営する近所の雑貨屋の大将がティーンに刺される事件が勃発《ぼっぱつ》したことがあった。雑貨屋のウィンドウにはその前からスプレーで「パキ・ショップ」と何度も落書きされていた。あの落書きを見るたびに、わたしは日系新聞社のアシスタントの青年の言葉を思い出したものだった。

思えば、彼があの発言をしたのはもう20年前の話だ。EU離脱でポリティカル・コレクトネスや分断社会の問題が世間を席巻《せっけん》しているいま、彼は「パキ」という言葉についてどのような見解を持っているのだろう。

意外と深いニーハオ問題

うちの息子は11歳だが、日本の中学校にあたるセカンダリー・スクールに通っている。で、どこの国でもそうだろうと思うが、小学校から中学校に進むと、子どもたちが急にやりたがることがある。

友人どうしで、街に行きたがるのだ。

うちの息子は体が小さくて顔も幼いため、どう見ても10歳以下にしか見えないから、

「両親はどこだ」と警察に保護とかされて育児放棄と見なされても困るしと最初は渋っていたのだが、「大丈夫じゃね？　あいつの友だち、ガタイのでかい老《ふ》け顔がけっこういるから、弟がついてきたみたいな感じで、問題にはならんと思う」と配偶者が言うので、わたしも折れた。だから、このごろではすっかり味を覚えて週末になると映画だビーチだと、いっちょ前に友だちと外出したがるのだが、学校用の黒いスニーカーが小さくなったので、新しい靴を買うために久しぶりに母子で街に出た。

黒いパーカーを着ていっぱしのティーンぶっている息子は、店に入るたびにそこの無料Wi-Fiにスマホを繫《つな》いで何ごとかをチェックし始めるので、「あんたいい加減にしなさいよ」と叱《しか》っていると、

「やべ。母ちゃんここ出よう」

とフードを被《かぶ》って顔を隠すように俯《うつむ》いて歩き始めた。

「どうしたの？」

「同じクラスの女子たちが二階にいる。いま、そのうちのひとりが買い物している写真をインスタグラムに投稿した」

「いいじゃない、別に」

「ダメだよ。母親と一緒に買い物してるところなんて見られたくない。ダサすぎる」

そう言って息子はそそくさと店の外に出ていく。

いつの間にかこんなことを言う年齢になりやがって。と思いながらわたしも後を追った。息子に画像を見せてもらうと、さすがにこの年齢では女の子たちのほうがませて見える。すっかりティーン・ガール然とした女子3人組が、唇をすぼめて目を見開き、斜め上から写すセルフィー顔で水着売り場の隅に立っていた。

そういえば、ずっとむかし、わたしが水着のバーゲンでサイズを探していたときに、勝手にとことこ歩いて行った息子が「母ちゃんがいない」と大泣きして、身長2メートルはありそうなコワモテの黒人の警備員に肩車されてわたしを探していたことがあった。わたしの姿を見つけた息子は、「母ちゃん、母ちゃん」と興奮して警備員の頭をバシバシ叩《たた》くので、「おい、キッド。いい加減にしろ」と警備員が顔をしかめて笑いながらわたしのところに連れて来てくれたことがあった。あんなに小さくてかわいかった生き物がいつの間にかフードを被って母親と他人のふりをするティーンになってしまうのだから世の中とは無情である。と思いながら通りを歩いていると、銀行のキャッシュマシーンの脇にホームレスの男性が座っていた。

「ニーハオ、ニーハオ、ニーハオ、ニーハオ」

毛布を肩から羽織ったその男性は、わたしと息子に視線を合わせてにやにやしながらしつこく何度もそう言っている。わたしは彼から目を逸《そ》らし、完全無視をきめて前を通り過ぎた。昼間っからラリってるのか濁った目つきで、ずいぶん失礼な態度だな。いくらホームレスであろうとも失礼なものは失礼なので、そこに温情を侵入させる余地などないぞ、と思っていると息子が言った。

「中国人じゃないのにね」

「まあ、そこは重要ポイントではないけどね」

わたしが答えると息子が呟《つぶや》いた。

「すごい久しぶりにあの言葉を聞いた」

「ニーハオ、ニーハオ？」

「うん。友だちと一緒に外出しているときは、言われたことないから」

お。と思った。これは、ついにあれが始まったということだろうか。よく在英日本人の、欧州人配偶者との間に子どもを持つ人々が言う、「思春期になると子どもが日本人の親から距離を取りたがる」現象。むかし、ロンドンの日系企業に勤めていたとき、現地社員の日本人女性たちがよくそういう話をしているのを耳にした。母親が日本人であることを隠したがる子どもとか、「訛《なま》ってて恥ずかしいから人前で英語をしゃべるな」と子どもに言われてしまった母親の話とか。

ついにわが家にもそのときがきたのだろうか、と身構えていると息子が言った。

「さっき起きたことについては、考え方が二つあるよね。まず一つ目は、友だちと一緒にいるときは僕は東洋人には見えないんだという考え方。実際、僕はラテン系と間違えられることもあるしね。でも、母ちゃんと一緒にいると、やっぱ親子だから、東洋人に見えるということ」

「うん」

息子がなんか理路整然と語りはじめてしまったので、ついわたしは頷《うなず》く。

「そして二つ目。それは、友だちと一緒にいようが母ちゃんと一緒だろうが僕は東洋人に見えるんだという考え方。だけど、友だちといるときは男ばっかりだし、体の大きな子もいるから、失礼なことを言うと殴られたりする危険性もある。だから誰も僕に差別的なことを言わない。つまり、母ちゃんと歩いているときは、女と子どもという弱者コンビだからバカにしやすい。もし、東洋人の成人男性が2人で歩いていたとしたら、あのホームレスの人はあんなことを言ったかな」

「言わなかったんじゃないかな、きっと」

移民と英国人、男と女、大人と子ども。様々な軸に分解して語っているのか、とちょっと感心していると息子が言った。

「でも、実は三つ目の考え方もある。『ニーハオ』ってのは英語で言えば『ハロー』のことでしょ。だから、中国人には中国語で挨拶《あいさつ》すればフレンドリーだなって思われてお金を貰《もら》えるんじゃないかというビジネス的な理由から彼は『ニーハオ』と言ったのかもしれない」

「ええっ。それは考えつかなかったな」

わたしは思わず声量をあげた。

「それは違うと思うよ。そういう言い方じゃなかったもん。嫌な感じでにやにやしていたし、そんな親しみは感じられなかった」

「でも、決めつけないでいろんな考え方をしてみることが大事なんだって。シティズンシップ・エデュケーションの先生が言ってた。それがエンパシーへの第一歩だって」

「……」

「そう言えば、僕、いまでも覚えているんだけど」

と言ってわたしを見上げた息子のにやけた目が三日月形になっていた。

「むかし、やっぱり『ニーハオ』って言われたときに、母ちゃんブチ切れて『私は日本人です』って言って、腰に手を当ててぶわーっと日本語で相手にまくし立てたことがあった。みんな立ち止まって笑ってたけど、あれ、クールだった」

「そんなことあったっけ。よっぽど虫の居所が悪かったんだろうね」

「あれは笑えるからいいと思うよ、母ちゃんはあの感じ、忘れないほうがいい」

「……」

なんで11歳の子どもに説教されてるんだろうと思いながら、わたしは息子と並んで昼下がりの街をバス停に向かって歩いて行った。

W杯とミスター・ミヤギ

EU離脱の国民投票以来、英国ではNワード（ナショナリズムのほう）はもっとも危険なサブジェクトになった。左派はそれを頭ごなしに否定し、右派は熱狂的に称揚するという、エクストリームな分断が広がっている時期に、ワールドカップが行われたらえらいことになるかも。と懸念《けねん》していたが、いざ始まってみるとそれは拍子抜けするほどいつものワールドカップだった。

ガーディアン紙のような左派紙ですら、通常の「ナショナリズムこそ諸悪の根源」みたいな報道はどこに行ったのかと思うほど、公式サイトでイングランド戦の情報を熱く更新し、「イングランド、ゴーーール」とか書いていて、屈託がない。「これはこれ、それはそれ」の割り切りなのだろう。ＥＵ離脱なんぞにワールドカップの楽しさを曇らされてたまるか、ということだ。英国という国のしたたかさを見た気がする。

サッカー好きの息子も初日からＷ杯に夢中だが、今年は様子が違う。やけに日本代表について熱心に学習しているのである。各選手の名前やこれまでのキャリア、予選での勝ち上がり方から監督交代劇まで、日本語が読めるわたし以上によく知っている。これまでのワールドカップを振り返ると、息子はいつもイングランド戦に夢中で、日本代表にこれほど入れ込んだことはなかった。いったいどうしたのだろうと思って聞いてみると、息子は言った。

「僕はイングランドに住んでいるけど、よく考えたら父ちゃんはアイルランド人だし、母ちゃんは日本人だから、イングランドの血は流れてない。だから、アイルランドと日本を応援すべきだと思うけど、今回はアイルランドは出場できなかったから、僕が応援しているのは日本」

涼しい顔で言うのだが、これはちょっとヤバい兆候なのではと不安になった。

「なんかあの子、血とか言い出してるんだよね。民族主義に傾いてんのかな」

と配偶者に相談すると彼は言った。

「おめえはちょっと左翼っぽいからすぐそういうことを気にするけど、自分がどこから来たのかってことを人間が考えるのはごく自然なことだろ。そういうことをまったく気にしないで大人になるやつのほうが俺はむしろ心配」

確かに自分の子どもの頃を思い返せば、先祖がどういう人だったのか気になって祖母を質問攻めにしていた時期があったと覚えている。一つの国の中で思春期に自分の血にロマンを感じるのはオッケーでも、国境をまたぐと民族主義者呼ばわりされるのは、さすがに息子にフェアじゃないかもなと思った。

でも、息子の通う中学校は英国人の割合が高い学校なので、日本代表なんて超マイナーなチームを応援していると孤立してしまうのでは、と心配になり聞いてみた。

「ほかにも、イングランド以外のチームを応援している移民の子とか、いるの？」

「ポーランド人とクロアチア人の女子がいるけど、2人とも全然サッカーに興味ないから、僕だけだよ」

「回りの子は何も言わない？」

「別に何も。っていうか、なんで何か言われなきゃいけないの？」

「まあ、そりゃそうだよね」

みたいな会話を交わした数日後のことであった。

息子たちの学年はレゴランドに遠足に行ったのだが、午後4時頃に息子が電話してきた。

「母ちゃん、日本やったじゃん！」

という興奮した息子の声の後ろで、「ジャパーン、ジャパーン、ヴィークトリー・トゥ・ジャーパーーン」と歌っている少年たちの声が聞こえる。日本代表のコロンビア戦が終わったところだった。ちょうど息子たちは帰りのバスに乗り込む前で、集合して並んでいた間にスマホをチェックしたら日本が勝っていたので「オーマイゴーーーッド」と息子が叫び、周囲の生徒たちも「アンビリーバボー」と大騒ぎになったということだった。

「ジャパーン、ジャパーン」という少年たちの雄叫《おたけ》びを聞きながら、なんと恥知らずなまでに大音量で展開されるナショナリズムなのだろう、と思ったが、よく考えてみれば息子の背後で叫んでいる少年たちは誰ひとりとして日本人じゃないのだった。どうやら、彼の友人たちにとっても、W杯の時期には、息子は「東洋人」のひとりではなく、「ジャパニーズ」になるらしい。

このようにして、めでたく自他ともに認める日本代表チームのサポーターになった息子は、毎日帰宅するとかぶりつきでW杯を見ているのだが、先日、試合のない日に二階からギターの音が聞こえてきた。さいきん、音楽部で作曲を習っているらしく、W杯観戦の合間に息子は自室で曲づくりに励んでいる。なんとなくオアシス風のギターが響いてきて、ちょっと哀愁のあるインディーロック調の、なかなかいいコード進行じゃないかと思って耳を傾けていると、息子が歌い始めた。

「グランダーッズ・ボンザーイ、ウウウ、グランダーッズ・ボンザーイ、ウウウー」

まだ恋愛をしたことがないから歌詞にするネタがないと言っていたので、自分が強く思うことを何でも歌にすればいいよとは答えたものの、いくら何でも「祖父の盆栽」というテーマでロックソングを書くことはないんじゃないかと思ったが、これが現時点での彼の心のさけびなのだろう。W杯で日本代表を応援しているせいで日本の祖父を思い出したのか、80年代に作られたオリジナルの『ザ・カラテ・キッド』（邦題『ベスト・キッド』）シリーズのDVDを引っ張り出してきて、1作目から全作見ているのだ。シリーズに出て来るミスター・ミヤギがわたしの父親を髣髴《ほうふつ》とさせるそうで（確かに似ている）、主人公の少年、ダニエルとミスター・ミヤギの関係に自分と祖父を投影し、妙に感傷的になっているのだった。特にミスター・ミヤギが盆栽を愛《め》でている横顔が九州のじいちゃんのようでぐっとくるらしい。

「盆栽」は「ボンサイ」と発音するんだと何度教えても、英語ネイティブにはNサウンドの後に濁点のないSを発音するのは困難なのか「ボンザイ」になってしまうところが残念なポイントではあるのだが。

なぜだろう。思春期になると日本的なものを嫌がるという日本人と欧州人の子どもの傾向とは正反対に、うちの息子はやけに日本に意識が向いているのだ。

「あいつ、小さい頃からアンダードッグが好きっていうか、弱い者が好きじゃん。いま日本に入れ込んでいるのはそのせいじゃないかな。ドイツみたいに放っておいてもいつも勝ちそうな国（このW杯でこの通説は見事に覆《くつがえ》されたが）が親の出身地だったら絶対こんなに応援してないって」

配偶者は冷静にそう分析している。

この面妖《めんよう》な夏のナショナリズムと盆栽ソングの行方を注意深く見守って行きたいと思う。

9　地雷だらけの多様性ワールド

子どもはゲンキンなものである。

あれほどW杯の日本代表チームに熱狂していた息子が、日本が敗退するとあっさりイングランド代表チームに乗り換えた。

また、この大会のイングランドはどういうわけか調子が良かった。絶対に勝てないという呪《のろ》いのジンクスだったPK戦まで制し、順調に勝ち進んだ。

日本代表の試合を見るときは家の中でも日本代表ユニフォームのレプリカを着て応援していた息子（福岡の祖父が買ってくれた）が、今度はイングランド代表ユニフォームのレプリカを着て声援を送っていた（ロンドンの叔母が買ってくれた）。応援するチームが複数あるのは幸運なことだが、なるほど多様性の強さってのはこんなところにあるのかと思う。こっちがダメならあっちがある、のオルタナティヴが存在するからだ。こっちしか存在しない世界は、こっちがダメならもう全滅するしかない。

「けど、あんた、イングランド人の血は引いてないから応援しないって言ってたんじゃなかったっけ」

「でも、イングランドに住んでるから、やっぱり他人の気はしないし」

「そりゃそうだよね。母ちゃんも、何やかんや言ってイングランド応援しちゃうからな」

　メディアが使う政治用語でいえば、この「何やかんや言っても応援してしまう感じ」のことを市民的ナショナリズムという。民族的ナショナリズムと対抗する軸として使われる言葉で、数年前、スコットランド独立投票のときにさかんに議論されたコンセプトだ。

「どこの出身だろうと、肌の色が何であろうと、どんな宗教を信じていようと、勇気を出して力を合わせればより良い国を作ることができる。それが私が信じるナショナリズムです」

　と言ったのは、スコットランド自治政府首相のニコラ・スタージョンであり、彼女は民族性ではなく、在住地による新たなナショナリズムの可能性があることを訴えて話題になった。2015年の英国総選挙のスターとなり、同年、BBCの「最も影響力のある女性」リストで1位になった人である。

が、この市民的ナショナリズムも、初のムスリムのロンドン市長サディク・カーンから、ドナルド・トランプの支持者やブレグジット（EU離脱）派とたいして変わらないのではと批判されたことがある。

EU離脱投票後の英国では、どのような意味であろうと、ナショナリズムという言葉には激怒する人々が大勢いる。だからこそ、今回のワールドカップはどうなるのだろうと思っていたのだが、地べたレベルではわりと何ごともなかったように盛り上がっていた。離脱派も残留派もとりあえず停戦で、イングランドを応援しているように見えたのである。

しかし、メディアの世界にはこの停戦を糾弾する人々もいた。

ある日、朝食のテーブルで息子が言った。

「イングランド代表の選手って、みんなEU残留派なの？」

「え？」

わたしは息子が指さしている新聞を見た。

「イングランド代表チームが誰かを代表しているとすれば、それは48%のEU残留派だ」

という見出しが躍っている。その脇《わき》には、フリーキックの壁を作る訓練をしている楽しげなイングランド代表の選手たちの写真がある。わたしはその記事に目を通した。

「いや、そういうことは実は一言も書いてない」

「じゃあ、どうして彼らは残留派を代表してプレーしてるなんて書くの？」

「新聞の見出しって、人目を引くために大袈裟《おおげさ》な表現を使うから。実際、わたしたちもいま、え？　と思って見ちゃったでしょ」

わたしがそう答えると息子が言った。

「じゃあ、これフェイクニュース？」

「そんなことはない。っていうか、記事の全文を読めば、一応なぜこの見出しになったかわかるような内容にはなってる」

「でも、タイトルとしてはよくないね」

「うん」

「すごく、人を仲間外れにするようなタイトル」

「そうだね」

「それに、イングランド代表は離脱派の人たちのチームじゃないなんて言ったら、国の半分しか代表していないことになる。わざと人々を喧嘩《けんか》させようとしているみたいだ」

息子はそう言って二階に上って行った。

記事の要約はこうだった。そのほとんどが二十代で、大都市に住んでいて、これまでのイングランド代表で最も人種的多様性に富んだ選手たちは、まさにEU離脱で残留に投票した層を代表するようなチームであり、彼らを必死で応援している離脱派の人々とは違う。今大会のイングランド代表チームは、（まさにうちの息子のような）国籍の違う両親から生まれた子どもや、移民の子どもたちがとても多い。その彼らが勝ち進んでいるということは、強いチームには多様性が必要なのだということを証明している。若く多様性に富んだイングランド代表チームは、これからの英国が進むべき道を体現している、という主旨だった。

この記事が掲載されていたガーディアン紙のサイトを見てみた。どんな反応がついているのか知りたかったからである。「すごく嫌《テリブル》な記事」「僕はハードコアな残留派だけど、この記事については謝罪したい」「ワールドカップにEU離脱を持ち込むな」といった批判のコメントが並んでいた。

左派紙らしい記事ではあるが、自分たちの考えを主張するために、自分たちとは違う考え方の人々に対して「イングランド代表はお前らのチームじゃないもんねー」みたいな子どもじみたことを言う低みに落ちてしまうのはなぜだろう。こうした態度は、EU離脱投票以降、残留派と離脱派の双方の一部の人々がずっと引きずってきたものだ。

「仲間はずれ」「わざと喧嘩させようとしている」という息子の言葉は、いまの時代に育つ子どもたちの率直な感想じゃないかと思った。残留派も離脱派も、息子のような年齢の子どもたちにしてみれば、いい大人が互いに頑《かたく》なになって辱《はずかし》め合い、言い争っているようにしか見えないのではないか。

EU残留派も離脱派も、自分と反対の考えを持つ人々がこの国に存在するということをなかなか許すことができずにいるが、英国には両方の考え方の人たちが生きているのだというファクトを醒《さ》めた目で冷静に受け入れ、その現実とともに暮らしているのは実は子どもたちかもしれない。

夏休みの前に教わること

さて、そうこうしているうちに、イングランド代表も敗退し、やはりW杯の優勝トロフィーがサッカーの母国に帰ってくるなんてことはなく、熱狂のワールドカップは幕を閉じた。

日本代表とイングランド代表のユニフォームのレプリカをクロゼットにしまい込んだ息子の生活も、平常運行に戻った。あとは夏休みになるのを待つだけ、という感じだったが、ある日、学校から帰ってきた息子に、「今日は学校で何したの？」と尋ねると、予想もしなかった答えが返ってきた。

「女性器を見たよ」

「は？」

「ライフ・スキルの授業で、性教育やってるんだ」

「見たって、そのものを見たの？　映像？」

「いや、大きな写真。もしかしたら、写真に見えるほど詳細に描かれたイラストだったのかもしれないけど。ばーんと、そのものを見せられた」

「……そ、そう……」

小学校の最高学年から性について学んでいたので、だんだん本格的になっていくのだろうとは思っていたが、ワールドカップの後はセクシュアル・エデュケーションか。なかなか熱い夏だな、と思っていると、その数日後、息子は言った。

「今日はＦＧＭについて習った」

「え？　ＦＧＭって……」

「Female Genital Mutilation（女性器切除）。アフリカとかでやるんだって」

「うん、知ってる」

「知ってるって、もしかして日本でもＦＧＭ、やってるの？」

「いや日本にはそんな慣習はないけど、何のことかは母ちゃんも一応知ってる」

なるほど、と思った。この時期に女性器について教えたのは、ＦＧＭに関する授業への伏線だったのかもしれない。

ＦＧＭはアフリカや中東、アジアの一部の国で行われている慣習であり、女性器の一部を切除、または切開する行為で、「女性割礼」とも呼ばれている。特定の共同体内での文化的、宗教的、社会的理由で、女子のためになる（結婚準備、処女性の保護）と信じられているので、幼児期から15歳までの少女たちに施術されるケースが多く、出血や感染症のために死に至ることもある。不妊や精神的トラウマ、出産時のトラブルなど、少女たちの将来にも悪影響を与える危険な施術なので英国内では80年代から違法になっており、残酷な児童虐待《ぎゃくたい》として厳しく禁止されているが、ＦＧＭが慣習になっている一部の移民コミュニティでは密《ひそ》かにまだ行われているという。

術後の回復期に学校にいかなくて済むので、夏休みはＦＧＭの絶好の機会になる。

だから、夏休みになると帰省と称して娘たちを自分の国に連れて帰り、そこでＦＧＭを受けさせる親たちがいるとＮＨＳ（国民保健サービス）もネットやパンフレットで警告している。

おそらく、夏休み前のこの時期にＦＧＭについて中学校で子どもたちに教えているのは、それと無関係ではないだろう。

「また先生が女性器の写真かイラストみたいなやつをばーんと広げてＦＧＭについて説明し始めたから、女子の中には気持ち悪くなっちゃった子もいた」

「……リアルに想像すると、女性にとってはちょっとつらいからね」

「健康上、すごい大変なリスクになるし、人権の侵害だから、ＦＧＭを受けさせられた人や、受けさせられそうな人を知っていたら先生に報告しなきゃいけないって言われた」

「うん。母ちゃんも、保育士の資格を取ったときに、そのことを教わったよ」

それにしても、ずいぶんとヘヴィなことを教わっているものだが、生徒のほとんどが英国人である息子たちの学校では、現実的なことは起こりそうもないように思えた。

「でも、あんたたちの学校は、ほとんどみんな英国人だから、報告とかそういうことはあまり関係なさそうだけどね」

とわたしが言うと、息子が答えた。

「それがね、最近、転入生がクラスに入って来たんだけど、彼女がアフリカからの移民みたいで」

　夏休みの少し前なんて、またずいぶんと時期はずれの転入生だなと思ったが、ふと、白人だらけの教室でＦＧＭについての説明を聞いている黒人の少女の姿を想像した。

「じゃあ彼女も、みんなと一緒にＦＧＭの授業受けたの？」

「うん。で、それがさあ……。ＦＧＭについてのビデオを見せられたんだけど。ドキュメンタリーみたいなやつ。黒人の女の人たちが出てきて、その人たちはみんなもう中年ぐらいになってるんだけど、少女の頃にＦＧＭの施術を受けさせられた経験を語るんだ。両親に嘘《うそ》をつかれてＦＧＭをさせられたとか、どんな痛みだったかとか、大人になってどれぐらい苦しんだかとか、すごく大変な話ばかりなんだけど、その女性たちのひとりが、転入生のお母さんによく似てて……」

「え？　似てるって、顔とか？」

「っていうか、髪型とか、着ているものとか、アフリカの女性って、カラフルなものを頭に巻いたり、民族衣装みたいな、ちょっと色使いが派手なドレスみたいなの着るでしょ。彼女の母親が、ちょうどあんな恰好《かっこう》して学校を見に来てたから」

「ああ……」

そこからは、何が教室で起こったのか、だいたい想像がつくような気がした。

「『あのビデオに出てた人、お前の母ちゃん？』とか言ってからかう子が出て来たんだ」

「いや、そうじゃないんだよ。さすがにそんな子どもみたいなことを言う子はいないんだけど、女子の何人かが、転入生の子が夏休みにFGMを受けさせられるんじゃないかとか言い始めて……」

「ああ……」

それもまた、どういう雰囲気に発展しているのか想像がつくような気がした。

「心配という名の偏見、みたいな感じで、ゴシップっぽくなってるんでしょ」

「そうなんだよ。本当に心配なら、黙って先生に相談に行くとか、違うやり方があると思うんだけど……」

トリッキーな問題である。

もしかしたら学校側には、「FGMが行われている地域から来た生徒がいる場合には夏休み前に関連授業を行うように」というガイダンスが回ってきているのかもしれない。心配と偏見も紙一重なら、予防と偏見にも紙一重のところがある。

授業でＦＧＭを教えれば、こうした問題が全国各地の中学校のクラスで起きることは十分に予想できる。それでも英国では、該当する地域から来た移民の生徒だけではなく、全生徒（女子も男子も）の前でそれを教えるのだ。当事者は他人には言わないケースが多いので、周囲の人々が「心配」を報告してＦＧＭを「予防」するために一役買わねばならないからだ。教えなければ波風は立たない。が、この国の教育はあえて波風を立ててでも少数の少女たちを保護することを選ぶ。そして、こうやって波風が立ってしまった日常を体験することも、様々な文化や慣習を持つ人々が存在する国で生きていくための訓練の一つなのだろうか。

マルチカルチュラルはいつも手さぐり

翌週、わたしは息子の中学でレセプションの脇に立っていた。一学期に一度のリサイクル制服販売の日がやって来たのだ。今期は新米メンバーのわたしが張り切って綻《ほころ》びた制服を繕《つくろ》ってしまったため、いつもより販売品の数が多いそうで、折り畳みの長いテーブル三つを並べ、その上にサイズ別の制服を並べ（というか積み重ねて）販売した。ポロシャツやズボンやスカートは50ペンス、トレーナーや体育授業用のパーカーなどは1ポンドで売り、収益は経費に使って、余ったら学校に寄付するそうだ。

ミセス・パープルとリサイクル隊員の古参のお母さんと3人で、並べたテーブルの脇に立っていると、息子が友人たちと一緒に廊下の向こう側を通り過ぎて行くのが見えた。放課後の時間なので、ざわざわ生徒たちが大勢玄関に出て来るのをいいことに、まったく他人のふりをして歩いていやがるから、わざと大袈裟に手を振ってやった。息子はきまり悪そうにうつむき、胸のあたりで小さく手を振り返してきた。

ぞろぞろ一斉に出てきているのは息子のクラスの生徒たちだった。見覚えのある子たちが何人か通り過ぎて行くので「ハーイ」と笑いかけたりしていると、小柄な黒人の少女がひとりで歩いて来るのが見えた。

きっと息子が言っていた転入生だ、と思った。

レセプションの向こうのガラス張りの玄関から、原色のプリントのマキシ丈のワンピースを着て大ぶりのゴールドのネックレスを下げ、頭にオレンジ色のターバンを巻いた恰幅のよい黒人女性が、近所の小学校の制服を着た子どもを2人連れ、腕には赤ん坊をひとり抱いて入ってきた。さきほどの黒人の少女と合流し、一緒にわたしたちのほうに近づいてくる。

「これがリサイクルの制服？」とターバンを巻いた女性に聞かれて、

「そうです」とわたしは答えた。

数日前、全校生徒の保護者の携帯電話にＳＭＳで放課後にリサイクル制服販売をするとメッセージを送っていたので、それを見てやってきたのだろう。彼女の腕に抱かれている赤ん坊が、顔の半分はあるかと思うぐらい大きな丸い瞳《ひとみ》でじっとわたしを見ている。

息子と同じクラスだろうとは思ったものの、わたしは少女に一応聞いた。

「あなた、何年生？」

「7年生です」

「担任の先生は誰？」

「ミス・グリーンウッド」

「あら、うちの息子と同じクラスじゃない」

という会話がまず必要なのは、いきなり「あなた、うちの息子と同じクラスでしょ。息子からあなたが転入してきたって聞いてるわ」とは言えないからだ。なぜなら、転入生が彼女だと初対面のわたしに特定できたのは、「『黒人』の転入生が来たと息子が言っていた」というファクトに基づいているからであり、それをほのめかすような発言はポリティカル・コレクトネス的に配慮に欠ける。マルチカルチュラルな社会には地雷が転がっているのだ。

すると、ターバンの女性が、張りのある大きな声で言った。

「ああ、あなたがうちの娘が言ってた中国人の子のお母さん？　中国人の男の子がクラスにひとりいるって言ってたから」

先方は地雷もへったくれもなく、ずばりと斬《き》り込んできた。

「ええ、たぶん。東洋系はうちの息子だけなので」

ちょっと面喰らいながら答えると、向こうはそんなことなどもう気にしていない様子で、制服を物色している。

「これは、このテーブルが小さいサイズなの？」

「いえ、こっちがSサイズとXSサイズのテーブルで、ここはM。向こうがそれより大きいサイズです」

そう説明すると、ターバンの女性が積み重ねてある制服を一枚一枚めくり始めたが、片腕に赤ん坊を抱いているのでやりにくそうだ。

「よかったら、抱きましょうか」

そうオファーすると、転入生の母親は「サンクス」と言って赤ん坊をわたしに渡した。赤ん坊は、濁りのない大きな目を見開いてわたしの顔に見入っている。見慣れない生き物だが、何だろうか、これは。と観察しているような神妙な顔つきだった。

母親は次々に制服を取り出しては宙に掲げ、広げてサイズを見たり、脇に立ってい

る小学生の息子の胴体に当ててみたりしていた。

「9月から、この子もここに通うから、この子の分も買っとこうと思って」

「ああ、それはいいアイディアです。一学期に一度しか販売してないですから、いい

機会ですよ」

「5人も子どもがいると、服だけでも大変なんだよ」

「5人？」

「うん、これからもうひとり保育園に迎えに行く」

と言って母親は手に取った制服から目を上げた。

「あなたは？　何人子どもいるの？」

「うちはひとりだけです」

「ああそうか、あなたの国では、ひとりしか産めないんだよね」

え、と思ってわたしは彼女の顔を見た。発言はあけすけだが、表情は同情している

ように見えた。

「あ、いや、わたし、中国出身じゃありません。日本人です」

「日本は何人子ども産んでもいいの？」

「はい。中国も一人っ子政策はもうやめていると思います」

そう答えると、彼女は黙ってまた制服のほうに目を落とした。

ふと、わたしは日本人だからこれで流せるが、ほんとうに中国人だったらどんな展開になったのだろうと思った。

「もうすぐ、夏休みですね」

と、気を取り直して話題を変えると、彼女は答えた。

「休みなんて、5人も子どもがいるとうんざり。何をするにも、どこに行くにも、地獄だよ」

「どこか休暇《ホリデイ》に出かけるんですか？」

ホリデイ、米語でいえばすなわちバケーションのことだが、夏のこの時期に人と話をするときには、「どこかホリデイに行くの？」というのは社交辞令のようなものなので、何も考えずにそう口にしたのだった。

ぴた、とターバンの母親の手が止まって、ぎゅっと強張《こわば》った表情の顔を上げた。

「アフリカには帰らないから、安心しな」

刺すような目つきだった。

そしてわたしの腕からむしり取るようにして赤ん坊を抱くと、テーブルの上に広げていた制服もそのままに、くるっと後ろを向いて玄関のほうに歩き始めた。息子のクラスメートの少女や小学校の制服の子どもたちも急いで母親の後を追う。

残されたわたしは棒立ちになっていた。

そんなつもりで切り出した言葉ではなかった。むしろ、わたしが考えていたのは中国のことで、アフリカのことなんか考えていなかったのだ。

テーブルの上によけてあった数着の制服を持って追いかけようかと思った。でも、ここでソーリーと言うのも変だ。すみません、FGMのことなんか考えていませんでしたと、謝るのはもっとおかしい。

息子のクラスメートの少女が走ってこちらに戻ってきて、わたしに3ポンドを渡し、よけてあった制服を全部抱えて走って行った。

久しぶりに思い切り地雷を踏んでしまった。

この国には様々な人々が住み、様々な文化や考え方を持ち、様々な怒りの表出法をすると長年学んできたはずでも、やっぱり踏んでしまう。

オレンジのターバンの母親と子どもたちは少し離れた場所に立ち、じっとこちらを見ていた。制服を抱えた少女が合流すると、母子たちはまた背中を向けて歩き始めた。

ＦＧＭの授業の波風があの家族の暮らしに及んでいる。

そして、それはわたしの心にも激しく波打っていた。

マルチカルチュラルな社会で生きることは、ときとしてクラゲがぷかぷか浮いている海を泳ぐことに似ている。

10　母ちゃんの国にて

夏休みといえば帰省の季節だ。

わたしは息子を産むまではほとんど帰省しなかったので、7年間も日本の土を踏まなかったこともあり、「あの店のあれが食べたいから定期的に帰らないといけない」とか、「日本に帰って歯を治してくる」とか言う英国在住の日本の人々の気持ちが理解できなかった。

もしかすると、このままわたしはまったく日本に帰らない人間になるのでは、と思っていたところにひょっこり子どもができ、そうなってくると両親に孫の顔を見せなくてはという使命感が生まれ、人並みに帰省というものをするようになった。

ただし、学校に通うようになってからは、最も暑く湿度の高い、英国在住の人間にはとても耐えられない夏休みの時期にしか日本に帰れなくなり、「ああもう、また最悪の時期に帰省か」と気落ちしがちなわたしとは対照的に、息子は日本に行くことを楽しみにしている。

彼はうちの親父《おやじ》ととても仲がいいからだ。

2人の関係で不可思議なのは、息子はまったく日本語ができないし、親父もまったく英語が喋《しゃべ》れないのに、なぜかコミュニケーションが取れているということである。

じっさい、ここ数年、わたしは日本に帰ると福岡の実家に息子を置いて仕事で東京に行くことがあり、それというのも息子が「じいちゃんと一緒に福岡にいたほうがいい」と言うからだ。

彼らは一緒に魚釣りに行ったり、ソフトバンクホークスの試合を見に行ったり、ゲーセンにUFOキャッチャーをしに行ったりして、適当に楽しく過ごしていてくれる。なぜ言葉の通じない者どうしがそんなことができるのかというと、彼らは、言語的に互いに迎合しようとしていないからかもしれない。

2人が喋っているところを見ていると、親父は親父で博多弁でべらべら喋っているし、息子は息子で英語でべらべら喋り返しているので、会話が成り立っていないくせに、時おり、

「うわー、そりゃいかん」

「Oh my god」

とか、

「なんじゃこりゃ」

「What the hell is that?」

とか、日本語と英語で絶妙なシンクロを見せていることがあり、そんなときには傍で聞いているこちらのほうが笑ってしまうが、人と人とのコミュニケーションには、意外と言語はそんなに重要ではないのかもしれないと思ってしまうほど、彼らは気が合う。

息子も小さい頃は配偶者に似ていたので、福岡の祖父に連れられている姿は田舎ではけっこう人目を引いたが、成長するにしたがって東洋人のルックスになってきたため、ふつうに祖父と孫が外出しているように見え、道端でも人が振り返ることがなくなった。

まだ息子が3歳ぐらいのときだったが、彼を連れてバスに乗ると、乗客が一斉にわたしたちのほうを見たことがあった。後ろの座席に座ると、前のほうに座っていた中学生ぐらいの女の子たちがちらちらこちらを振り向いて、笑いながら何か話していた。日本語がわかるわたしには、彼女たちが「かわいい」と言っているのが聞こえたし、車内の人々もけっして悪意をもって息子に注目しているわけではなかったのだが、あんな風に見られたことのない息子は、バスの後部座席で身を小さくすぼめて「みんながじろじろ見て、嫌だ」と泣き始めたことがあった。

じろじろ見られて「I'm scared」ではなかった。息子ははっきりと「I don't like it」と言って泣いたのだった。

「どうして僕を見るの？　どこがおかしいの？」

と言うので、

「どこもおかしくないよ」

と答えたが、泣き止《や》まないので、

「小さな子どもが乗ってくるとかわいいから、みんなこちらを見ているんだよ」

と言い聞かせた。

あれは息子にとって、「違うもの」として人々に見られた最初の経験だったのだと思う。それから毎年、帰省するたびにそういう目で見られ、息子もだんだんそれに慣れて行った。

ラッキーなことに、帰省中によく連れて行くプールで、米国人と日本人の両親を持つ少年と知り合ったことも大きかった。互いに母国語である英語で喋れるので仲良くなった2人は、すぐ一緒にプールで遊ぶようになったが、地元の利用者だらけのプールでは彼らの姿はやはり目立った。

少年の母親は、夏休みに日本に帰省してきていた米国在住の女性で、子どもたちが成長するに従い、わたしたちはプールには入らなくなり、ガラス張りの窓からプールが見えるギャラリーで雑談をしながら息子たちが泳ぐ姿を見ているようになった。

子どもどうしはダイレクトな交流を始めるので、そのうち、うちの息子と米国から帰省して来た少年に、ちょっかいをかけてくる地元の子どもたちや、話しかけてくる少年たちも出てくるようになった。

ある日、プールから着替えて出て来た息子と米国から来た少年が、ロビーのベンチに座って、地元の子どもたちにかけられた言葉について話していた。

「ガイジン！　ガイジン！　ってみんな言うよね」

「うん。それはフォリナーって意味の言葉」

「じゃあ、あれ、フォリナー！　フォリナー！　って言ってんの？　なんか失礼だね」

とうちの息子が言うと、米国から来た少年が言った。

「あと、ハーフって言葉もよく言われない？」

「ああ、そう言えば、たまに聞くけど、なんのこと？」

「僕らみたいな、日本人とガイジンの子どものことらしい。半分だけ日本人だから、ハーフって呼ばれるんだって。それもすごく失礼な言葉だって、うちの父さんが怒ってた」

米国から来た少年の言葉を聞きながら、そういえば、わたしは息子にハーフという言葉の意味を教えていなかったなと思った。息子は彼のように日本語がわかるわけではないので、ハーフと言われていることもわかってないし、よって訊《き》かれることもなかったのである。

その日、帰りのバスの中で、わたしは息子にそれを話すことにした。

「今日、プールでさ、『ハーフ』って日本語の話してたじゃない」

「うん。ひどい表現」

と息子が言うので、わたしは一応、日本でもそれはPC（ポリティカル・コレクトネス）的に問題視されていることを言っておかなければと思った。

「でもね、最近は、『ダブル』って言う人が増えてるみたい。『ハーフ』じゃなくて、『ダブル』」

わたしがそう言うと、息子はちょっと考えるように窓の外に目をやって、またこちらを向いて答えた。

「それもなんか、僕は違和感ある。半分ってのはひどいけど、いきなり2倍にならなくてもいいじゃん。『ハーフ・アンド・ハーフ』でいいんじゃない？　半分と半分を足したら、みんなと同じ『1』になるでしょ」

英国でも最近は「MIXED RACE」という表現はPC的に問題があるので「BI-RACIAL」という表現を使うべきという意見もある。だが、当の、複数の人種の両親から生まれた人々のほうに、「自分は複数の人種が混ざっていることに誇りをもって『MIXED』という言葉を使っている」という人もいるし、それは当事者たちの中でも意見の統一を見ないところである。

「『ハーフ』とか『ダブル』とか、半分にしたり2倍にしたりしたら、どちらにしてもみんなと違うものになってしまうでしょ。みんな同じ『1』でいいじゃない」

とうちの息子が数量にこだわるのは、もしかしたら数学が好きだからかもしれないが、バスの中でじろじろ見られるのが嫌だと泣いていた3歳の頃の小さな横顔が、窓の外を見ている息子の顔に重なった気がした。

DVDレンタル屋でじりじりした話

うちの親父と息子がどれだけ気が合うと言っても、親父とて80歳が目前の高齢者である。12歳の孫とずっと走り回っているわけにもいかない。今回の帰省ではそういう疲れの色が見えたので、息子が「外出しないで、みんなで家で映画を見よう」と言い出した。

とはいえ、実家にはNetflixだのアマゾン・プライムだのを見られる環境がないので、DVDをレンタルしに行くことにした。英国ではDVDレンタルショップはもはや死せるインフラで、日本の郊外の街にはけっこうあるというだけで驚いたが、敷地も広く建物も大きく品揃《ぞろ》えも豊富だった。韓流の時代劇にはまっている親父も、韓流コーナーの広さに感銘を受け、「ここに借りに来れば毎日テレビで見る必要はないな」などと喜んでいた。

だが、息子には英語で喋っている映画でなくてはわからないので、洋画コーナーで何本か選ばせ、それらをカウンターへ持って行った。

「いらっしゃいませ。会員証をお持ちですか」

制服の赤いTシャツを着た、おそらくわたしと同じぐらいの年代の女性店員が言った。

「いえ、今回が初めてなので、会員登録をしたいのですが」

「何か現住所を確認できる身分証明書をお持ちですか？」

わたしは身分証明書を持ち歩いていなかったし、持っていたとしても、英国の現住所を出してもこのシチュエーションでは認められないだろう。どうしよう、と思っていると、息子が「これも借りたい」と言ってもう1本DVDを持ってきて、「じいちゃんが、これがグッド、グッドって言ってる。たぶん自分が見たいんじゃないかな」と言う。

そういえば、親父も「韓流ビデオを借りに来ようかな」とか言っていたことを思い出し、彼が会員になればいいのだと気づいた。

「わたしは身分証明書を持っていないのですが、父親が一緒に来ているので、彼が会員になることはできますよね。免許証でも大丈夫ですか？」

と言うと、さきほどまでにこやかな営業用の笑顔だった中年女性の店員が、なぜか一転してねっとりした暗い目線でわたしを見ていた。

「それはできますけど……」

微妙に斜めの角度になり、まるで不審者を見るような顔つきで、女性店員はわたしの手からDVDを取り上げ、黄色い札をDVDケースの中から抜き取りながら言った。

「これ、中の貸し出しの札だけ取ってもってきてもらえませんか。こんな風にケースを持ってこられても困るんです」

「あ、そうするんですか。すみません、初めてのことだからわからなくて。じゃあ、札だけ抜いてケースをもとに戻してきます」

　わたしは息子と一緒に洋画コーナーに戻り、DVDのケースを一つ一つ棚に戻した。そして、まだ韓流コーナーをチェックしていた親父にことの経緯を話し、彼を連れて再びカウンターに行ったのだった。

　が、カウンターには誰もおらず、奥の上部30センチメートルぐらいが磨《す》りガラスになった間仕切りの裏に赤いTシャツの店員が2人立っているのが透けて見えた。ひそひそと何ごとかを話し込んでいる。

「なんか日本語が怪しい感じで、連れている子どもは外国語を喋ってた」

「最近、この辺もガイジン増えてきましたからね」

「たぶんフィリピン人か何かだろうな」

「気になるようだったら、店長呼んだほうがいいかも」

　日本語が怪しい感じ、と言われたのは日本人としていささかショックだったが、思い切って「すみませーん」と声をかけた。

間仕切りの向こうから、先ほどの中年の店員と、もう少し若い感じの女性が姿を現した。

「父が会員登録をさせていただきたいのですが」

と言うと、今度は若いほうの女性店員がカウンターに出てきて言った。

「身分証明書はお持ちですか」

「これでよかとでしょ」と言いながら親父が免許証を差し出すと、彼女はそれを奥に持っていき、コンピューターで何かをチェックしていた。具体的に何をどう確認するのか、その作業をどこで行うのかを説明もせずに日本の商業施設は身分証明書を預かってその場を去ることが許されているのだなと思っていると、若い店員が戻ってきて、

「確認が取れましたのでお返しします」

と免許証を父に渡した。次に、

「この書類に記入をお願いします」

と会員登録申請書を渡されたが、「いかん、老眼鏡を忘れてきたけん、何が書かれとうかよう見えんばい」と親父が言うので、「じゃ、わたしが書こうか」と言うと、間仕切りの脇《わき》からねばねばした視線でじっとこちらを見ていた中年の店員がいきなり

走り寄ってきて言った。

「書類は申請者本人だけしか書けません！」

しょうがないので、「お父さん、申請書は申し込みをする本人しか書いてはいけないんですって」とできるだけ明瞭《めいりょう》な発音ではきはき喋ってみたが、なんとなく小津安二郎の映画に出てくる人みたいな日本語になってしまい、これはこれで現代の日本では不自然な響きになっているように思われた。だいいち、言われた親父自身が「こいつ、いったい何を言ってるんだ」みたいな顔でわたしを見ている。そもそも、日本人であるわたしが、なぜ日本人だと思われるためにこんなに努力しなければいけないのだ。

「そしたらあたしが書きますけん、ペンば貸してください」

と言って父が申請書に記入をはじめた。が、「ここは現住所って書いてあるとかいな」とまごついているので、「そう、そこは住所。その下が生年月日」と教えると、くだんの中年店員はまるで詐欺《さぎ》の現場を押さえたかのような形相でぴしゃりと言った。

「質問があったらこちらに聞いてください。他の人には聞かないでください」

他の人、というのはどういう意味なのだろうと思った。

会員登録を申請する者とそれを審査する店員以外の第三者。現住所を示す身分証明書すら出せない部外者。DVDの借り方ひとつ知らず、日本語を喋れない子どもを連れた、この界隈《かいわい》には属さない不審者。「他の人」を英語にすると「OTHERS」になる。「US（我々）」に対する「OTHERS（他者）」。

彼女が本当に使いたい言葉は「よその人」なのだろうと思った。

親父の会員登録が終わり、無事にDVDが借りられた頃には、退屈した息子が「ご自由にお使いください」コーナーのコンソールを手にしてゲームで遊んでいた。「帰るよ」と声をかけると、息子はもとの位置からちょっと離れた場所にコンソールを置き、親父とわたしについてきた。くだんの中年女性がカウンターからものすごい勢いで走り出てきて、コンソールをもとの場所に置きなおしているのが見える。

自分が属する世界や、自分が理解している世界が、少しでも揺らいだり、変わったりするのが嫌いな人なんだろうと思った。

日本に戻ってくるたびにそういう人が増えているような気がするのは、わたしが神経質になりすぎているからだろうか。

YOUは何しに

わたしの実家の近くに日本料理店があり、帰省するたびに顔を出すことにしているのだが、今回は、そこでも妙な体験をした。

親父と息子と3人で座敷席に座って食事を楽しんでいると、スーツ姿の中年男性が、部下とおぼしき若い男性を2人従えて入ってきた。どうやら常連のようで、キープしたボトルを大将に出してもらい、彼らはカウンターで飲み始めた。すでに一杯やってきたらしく、上司の男性はけっこう酔っている様子だ。

店内は狭いので、座敷とカウンターにはほとんど距離がなく、会話がよく聞こえてしまう。息子とわたしが英語で喋っていると、上司の男性がちらちらとこちらを見ているのを感じた。

「YOUは何しに日本へ？」

そのうち、上司の男性が唐突にこちらを振り返って話しかけてきた。それが日本のテレビ番組のタイトルだということは知っていたし、実際、帰省中に何度か見たこともあったので、

「帰省です。両親がこの近くに住んでいるので」

とわたしは答えた。

「毎年、お孫さんを見せにイギリスから帰って来られるんですよ」

とカウンターの中から大将も言う。

「ほーん」

と言って、中年男性はとろんとした目つきでうちの息子を眺めまわしていた。

「日本語はできんとね、その子は」

と彼が聞いてきたので、わたしは答えた。

「喋れないんですよ。日本語をしっかり教えなかったわたしの怠慢なんですが。うちの子は英語オンリーです」

その酔客はいまや椅子《いす》の背に両腕をだらんとかけて、全面的に体をこちらに向けていた。

「なんで教えんとね。英語を教えて日本語を教えんというのは、日本に対して失礼やろうもん」

と強い調子で彼は言った。なんで日本に行くといつも誰かに叱《しか》られているのだろうと思いながらわたしは答えた。

「失礼とかいうより、暮らしているのが英国ですから、自然に英語を喋るようになっちゃいますよね」

親父が「もう構うな」というように小さく首を振りながら目配せをしてきた。確かに、相手は酔っ払いである。こんなことでいちいち反応していてもしかたない。

「いいや。日本に誇りを持つ日本人ならそれじゃいかん。あんたも日本人なんやけん、日本語を教えて、日本人の心を教えんと、日本の母とは呼べんな」

いったい一つの会話文の中にいくつ「日本」という言葉が使われているのだろうと思いながら、わたしは彼を無視することにした。とくに日本の母になることに関心もなかったし。

据わった目線でこちらの座敷を見ている上司の両側から、2人の若い部下たちが「すみません」というような顔つきでこちらに頭を下げている。

「そもそもな、そもそも論を言わせてもらえればたい、英語さえできればいいと言う態度は、日本経済をバカにしとる証拠たい。いまは何でも英語と中国語。それさえ喋れたらあとはいらんと思っとう。外国人が日本をバカにするならまだわかる。ばってん、日本人が日本をバカにするようになったらもう終わりたい」

中年男性は本格的にぐずぐずと管《くだ》を巻き始めた。今度はカウンターの中の大将が「すまないね」という風に顔をしかめて胸の前で両手を合わせている。

「ぶっしゅう」と大きな音を出して酔客はくしゃみをし、ポケットからハンカチを出して鼻と口を押さえて、またその中に「ぶっしゅう」を何度か連発した。

「今日はまた一段とPM2・5が飛びよったけん、くしゃみが全然止まらん。中国が飛ばしてきやがるけんな。あいつらはよその国の迷惑なんか考えん民族やもん。観光のマナーも悪ければ、産業のマナーも悪い。あいつらには日本人のような繊細な心配りができん。そげな国の企業にたい、売上を取られるのはお前ら若い世代がふがいないかけんぞ。お前ら、しっかりせないかん」

そう言って中年男性は脇に座っている部下の頭を小突いた。

くしゃみが出るのは中国のせいで、売上が上がらないのは若い世代のせい。ほっとくと、日本経済の衰退は日本語を子どもに教えない母親のせいにされそうだった。わたしと同年代に見えたが、彼の酔態はいかにも古典的な日本のおっさんであった。

そのうち、黙々とごはんを食べていた息子が「トイレ」と言って席を立った。カウンターの中年男性の脇を通ってトイレに行き、そしてまた彼の脇を歩いて戻って来る途中で、急に男性が大声を出した。

「YOU！」

驚いて息子が立ち止まると、中年男性は息子の顔を人差し指でさしながら言った。

「ＹＯＵは何しに日本へ？」

息子はきょとんとしてわたしのほうを見ている。

「ふん、どうせお前は自分が何て言われようのかわからんのやろ」

にやにやしながら男性は連呼した。

「ＹＯＵは何しに日本へ？　ＹＯＵは何しに日本へ？」

「ヨシオカさん、もう今夜はお開きにしたほうがよかとやなかですか」

カウンターの中から大将が言った。脇から部下の若者も、

「そうですね、ちょうど奥さんからも携帯にメッセージが来たところです。すぐお送りしますと返事しましたので、本当にもう帰らないと」

と言い、もうひとりの部下も「すみません」とこちらに頭を下げてから、上司の脇に手を回して立ち上がらせた。部下たちは大将にも頭を下げ、半分眠っているような目つきの上司を引きずるようにして店から出て行った。

「あの人、何て言ってたの？」

座敷に戻ってきて座った息子がわたしに聞いた。

「息子さんには、訳して聞かせんほうがよかですよ」

と大将が言った。

「あげなことが日本の嫌な思い出になるのはいかん」

大将の言葉に親父も黙って頷《うなず》いている。

「母ちゃんたちにもあの人が何を言ってるかわからなかったよ。酔って呂律《ろれつ》が回ってなかったから」

わたしは微笑《ほほえ》んで息子に言った。

PM2・5が飛んでいることより、日本経済が中国に抜かれることより、自分が生まれた国の人が言った言葉を息子に訳してあげられないことのほうが、わたしにはよっぽど悲しかった。

11

未来は君らの手の中

『タンタンタンゴはパパふたり』という絵本がある。英語の題名は『And Tango Makes Three』。ニューヨークのセントラルパーク動物園で恋に落ちた二羽のオスのペンギンの話で、実話に基づいている。

他のペンギンたちが子どもをつくる季節がきて、卵を産み、温めているのを見た二羽のオスのペンギンたちは、卵に似た石を拾ってきて温め始める。それを見た飼育係が、二羽はカップルなんだと気づき、放置された卵を二羽の巣に置いておく。するとカップルのペンギンは交代で卵を温め、やがてペンギンの赤ん坊が誕生して彼らはパパになり、赤ん坊はタンゴと命名される、という話である。

この絵本は、英国の保育業界では「バイブル」と言っていい。『はらぺこあおむし』や『かいじゅうたちのいるところ』と同様、どこの園にも必ずある名作だ。わたしも幾度となく読み聞かせの時間に子どもたちを椅子《いす》の周りに座らせて読んだ。この本を読み聞かせるのは3歳児と4歳児の部屋だった。英国では、公立の場合は満4歳の9月から小学校に入学するので、いわゆる年長組ということになる。

わたしの住むブライトンは、英国でもLGBTの人々が多く住んでいることで知られており、「英国のゲイ・キャピタル」と呼ばれることもある。以前、民間の保育園に勤めていたときには、LGBTの人々のエリアとして知られる地区にあったのでタンゴと同じように同性の両親を持つ子どもたちが何人も来ていた。

そこでこの絵本を読み聞かせていたときに、興味深かったのは、子どもたちがいつもウケていた箇所である。このぐらいの年齢の子どもたちは、同じ絵本を何回も大人に読んで欲しがる。もういい加減で飽きているだろうと思っても、何度も同じ話を聞いて、一字一句を暗記し、保育士と一緒に声を出すようになる。そして毎回同じ場所で喜び、笑うのだ。

子どもたちが大好きなのは、動物園の飼育係が二羽のペンギンはカップルなのだと気づくシーンだった。

「They must be in love」

という言葉が大好きで、子どもたちはその箇所になるのを待つようにして息を潜め、

そこになると二十数名で一斉に、

「They must be in loooooove!」

と叫ぶのである。

くすくす、と恥ずかしそうに笑っている早熟な女児たちや、どこかきまり悪そうに笑いながら顔を見合わせている男児たちは、ペンギンがオス同士で恋に落ちたことを笑っているわけではない。性を意識し始める年ごろに、「IN LOVE」という言葉を口にすることがくすぐったくて笑っているのだった。

それは他の絵本を読むとき、例えば、プリンセスとプリンスが恋に落ちたりする場面でも同じような反応が返ってくるのでわかった。子どもたちには、誰と誰が恋に落ちるのは多数派だが、誰と誰が恋に落ちるのは少数派、みたいな感覚はまったくない。「誰と誰」ではなく、「恋に落ちる」の部分が重要なのだ。

子どもたちは、ペンギンの赤ん坊が「タンゴ」になった理由についても興味津々《しんしん》だった。「It takes two to tango（タンゴは2人で踊るもの）」という諺《ことわざ》にちなんで「タンゴ」と名付けられたことが大人ならピンと来るし、絵本の中にもそれをほのめかす表現はあるが、子どもたちにはその諺の意味がわからない。

「タンゴはひとりでは踊れないからね。つまり、2人で協力しないとできないってことだよ」

「タンゴが卵のとき、パパたちが2人で温めたから？」

「そうそう、2人で毎日交代で温めたからタンゴが生まれたでしょ」

「僕が卵のときもパパとママが交代で温めたのかな」

「違うよ、人間は卵から生まれない」

などと話している子どもたち。中にはこんなことを言っている子もいる。

「タンゴもジェームズと同じでパパが2人だから、いいなあ。うちもパパが2人のほうがよかった」

その子にわたしは聞いてみる。

「なんでパパ2人のほうがいいの？」

「だって、3人でサッカーできるもん」

すると隣から別の子が言う。

「えーっ、ママが2人のほうがいいよ」

「なんで？」

「ママのほうがサッカーうまいもん」

「僕んちはママだけ。でも時々ママのボーイフレンドが来る」

「うちはパパひとりとママが2人。一緒に住んでいるママと週末に会うママ」

「うちのパパはいつもはパパなんだけど、仕事に行くときは着替えてママになる」

いろんな家庭のいろんな子どもたちがいた。同性愛者の両親を持つ子ども。週日は義理の母と暮らし、週末になったら実母の家に泊まりに行く子。女装のパブシンガーの父親を持つ子ども。彼らは自分の家族が他の子の家族と違うことをまったく気にしていなかった。それぞれ違って当たり前で、それを悪いとも良いとも、考えてみたことがないからだ。

「よし、じゃあまだ時間があるから、もう一冊読もう。今度は何がいい？」

「もう一回、タンゴの本読んで」

「えーっ、また読むの？」

「タンゴ！　タンゴ！」

「じゃあ今度は誰かに読んでもらおうかな。君たち、もう言葉を暗記してるから、この椅子に座って、わたしの代わりに読めるでしょ」

とわたしが言うと、子どもたちが一斉に手をあげて「ミー！」「アイ・キャン！」「ミー、ミー、プリーズ！」と叫び始めた。

「うーん、誰に読んでもらおうかな。じゃあねえ……」

と言っているところで目が覚めた。

久しぶりに保育園で働いていた頃の夢を見た。なんであんなシーンが出てきたのだろう。

さいきん、同性愛者差別の問題について考えることがあったからだろうか。

それにしても、幼児たちの世界はなんとカラフルで自由だったことだろう。

子どもたちには「こうでなくちゃいけない」の鋳型《いがた》がなかった。男と女、夫婦、親子、家庭。「この形がふつう」とか「これはおかしい」の概念や、もっと言えば「この形は自分は嫌いだ」みたいな好き嫌いの嗜好性《しこうせい》さえなかった。そうしたものは、成長するとともに何処《どこ》からか、誰かからの影響が入ってきて形成されるものであり、小さな子どもにはそんなものはない。あるものを、あるがままに受容する。幼児は禅のこころを持つアナキストだ。

しかし、成長するに従って、子どもたちも社会にはいろいろな鋳型があることに気づく。あれほど自由だった、というか世の中のあれこれに無頓着《むとんちゃく》だった朗《ほが》らかな存在ではいられなくなる。

保育園で『タンタンタンゴはパパふたり』を暗記して、先を争って朗読していた子どもたちはいまごろどうしているだろう。いまでも天真爛漫《らんまん》に互いの家庭環境を語り合い、何の偏見もなく自分の家とは違う形を受け入れているだろうか、と思った。

そう考えると寝起きからちょっと気分が陰ってしまったので、本を手に取って再び横になった。

夢の中の明るい色彩とは対照的に、窓の外には鬱蒼《うっそう》とした灰色の空が広がっている。

いろいろあって当たり前

レベッカ・ソルニットの『説教したがる男たち』を広げて続きを読んだ。まるでいま見た夢とシンクロするようなことが書かれている。

同書に収められている「脅威を称《たた》えて」というエッセイの中で、ソルニットは、同性婚は伝統的な婚姻に対する脅威だという保守派の主張は、否定するより、むしろ称えよと書いている。

同性婚支持派は、こうした主張を「バカを言うな」とあしらいがちだが、彼女はむしろこの点こそが重要だと言う。伝統的な婚姻というものが何か守るべきものであるような前提こそがおかしいのであり、伝統的婚姻なんてそんなにいいものではないと啖呵《たんか》を切っているのだ。

むかし、女性は結婚によって夫と同一化されることを余儀なくされた。つまり、女性は婚姻によって消えたのである。19世紀後半まで、米国では結婚すれば法的にあらゆるものは夫に取られた。妻が持っていた財産も稼ぎも、すべて夫のものになった。妻に対する暴力を取り締まる法もなかった。主人に持ち物を没収され、暴力を振るわれても犯罪にならない。これ、何かといえば、奴隷《どれい》と同じである。女性の人生は、夫になる人物の親切さにかかっていたのだ。

長い時間をかけて法制度が改正され、少しずつ女性が消えずにすむように社会は変わってきたが、いまでも女性は家父長制と闘っている。

近年、「結婚の平等」という言葉が米国や欧州ではさかんに使われるようになっているが、男女の不平等性を抱えたままの異性婚とは違う、家父長制からまったく自由な関係性（同じジェンダー同士の結婚は本来的に平等だ）が同性婚にはある。だからこそそれが伝統的な婚姻にとって脅威になるのは当たり前であり、この脅威はむしろ言祝《ことほ》ぐべきだとレベッカ・ソルニットは書く。

しかし、結婚の平等を嫌う人々もいる。伝統的な婚姻の形はそれが人間性や社会にとって最もよいシステムだったから今日まで続いてきたのだと彼らは信じている。その拠《よ》り所になるのは、結婚の意義は子どもを産んで、育てることだという考え方である。

だが、結婚しても子どもを持たない人々や、子どもをつくって離婚する人、結婚しないで子どもをつくる人もいるし、そもそも精子と卵子が結合してリプロダクションを行うという生殖のプロセスにしても、代理母を使う人や、ＩＶＦ（体外受精）を行う人など、現在はいろいろな選択肢があるのだ。それらがむかし存在しなかったのは、伝統だからというより技術が存在しなかったからだ。

たとえば、うちの息子もＩＶＦで誕生した子どもである。で、この事実を彼に伝えるのに、わたしは慎重にならざるを得なかった。なぜなら、彼はカトリックの小学校に通っていたからだ。ローマ・カトリック教会は、ＩＶＦを不道徳として認めていない。

わたしは四十代になってから息子を出産したが、小学校には同年代の母親たちもいて、子どもがひとりしかいなかったりすると、「もしかして、あそこもそうなんでは？」みたいなことはお互いに考えていたと思う。とは言え、「うちはＩＶＦなのよー」とはとても言えない環境だった。表向きは熱心なカトリック信者として、カトリック教育を子どもに受けさせることを承諾してカトリック校への入学許可を得ていたからだ。

配偶者は息子にさっさと明かしたほうがいいと言っていたのだが、わたしは「小学校の最高学年まで待とう」と主張した。息子が「僕は罪の子」みたいな衝撃を受けたり、変な劣等感をおぼえられても困るので、ある程度の話ができる年齢になっていてほしかったし、第一、性教育を受ける年齢でないと「じゃあふつうはどうやって子どもをつくるの？」と質問されたらこっちが説明しなくてはならなくなって厄介だ。

それで小学校で性教育が導入された後で、わたしと配偶者は居間のソファに息子を座らせ、どうやって彼が誕生したのかを告げたのだった。

息子は彼が学校で習ってきた方法でできた子どもではなく、体外で卵子と精子を受精させるという方法で生殖した子どもなんだということをひととおり説明した後で、息子は言った。

「じゃあ、母ちゃんって聖母マリアなの？」

これには思わず茶を噴いたが、

「はっはっはーっ、ジョークだよ」

と笑っていたので、安堵《あんど》した。

カトリックの小学校で受けていた宗教教育や、教会での聖書教育、（表向きは）信仰深い良きカトリック家庭ばっかりだった友人に囲まれていたことなどから、きっと複雑な受け止め方をするに違いないと想像していたが、拍子抜けするほど彼は平気だった。

あのとき、息子は言ったのだった。

「クール。うちの家庭も、本物《オーセンティック》だなと思っちゃった」

「え？」

「いろいろあるのが当たり前だから」

カトリックの小学校の彼の級友たちは、いわゆる伝統的でコンサバな家庭の子どもたちで、シングルペアレントさえいなかった。が、いても隠していたんだろうという気配はあったから、子どもたち同士は大人よりダイレクトに語り合っていたのかもしれない。

それに加えて、息子が「いろいろあって当たり前」と思うのは、小学校に入学する前に通っていた託児所の影響も大きいだろう。それこそ『タンタンタンゴはパパふたり』を一字一句覚えていた幼児時代から、いきなりカトリック校に移行した息子は、入学時にはまだ4歳だったからスムーズに移行したと思っていたが、それなりに違和感をおぼえていたのかもしれない。

12歳のセクシュアリティ

夏の終わりになって、長いことご無沙汰《ぶさた》だった知人から電話がかかってきた。託児所で働いていた時代に、預かっていた子どもの母親からだった。息子が友人と一緒に映画館に出かけたとき、彼女たちも親子で同じ映画を見に行っていたそうで、息子と話して私の携帯の番号を聞いたということだった。

「何年もヒーターを借りっぱなしだから、返しに行きたいんだけど」

と彼女は言った。

彼女たちの息子とうちの息子は同い年で、託児所でも一緒に遊んだ仲だった。小学校に進んだ後も、数年間は子どもたちの誕生日のパーティーに招き合ったりしていたのだが、別々の学校に通う子どもたちがしばしばそうであるように少しずつ疎遠《そえん》になり、そのうち連絡も途絶えてしまった。最後に会ったとき、家のセントラルヒーティング・システムが壊れてしまって修理が必要と言われたが、パートナーが失業中なので費用が払えないと言っていたので、ポータブルのヒーターを貸したのだった。うちも非常用に買っておいたものなので、すっかり忘れてしまっていた。

「幸運なことに、あれから私たちの仕事も軌道に乗り始めて、広い家を買って引っ越したんだ。子どもも2人になったし」

電話口で彼女は言った。

「え、そうなんだ。男の子？　女の子？」

「女の子。この9月から小学校に通うの」

グラフィックデザイナーのパートナーの失業が長引いたのを機に、2人で自分たちの事務所を立ち上げたそうで、ビジネスも繁盛《はんじょう》しているらしい。いろいろあっても（みんなそうだ）幸福そうな話を聞き、再会の約束をして電話を切った。

「週末に映画館でウィルたちに会ったんだってね」

息子に尋ねると、彼はギターを弾く手を休めて言った。

「ああ、そうなんだ。帰りに出口のところでウィルのお母さんたちから声をかけられて。ウィル、すごく背が高くなってた。そういえば妹ができてたよ」

「らしいね。電話で聞いた」

「ダニエルがちょっとした衝撃を受けてたよ」

と言って息子が笑った。想像できる気がした。ウィルのお母さんたちは2人ともともハンサムなイケメン、ならぬイケウィメンだからである。

「女どうしで子どもをつくるってどういうことなんだって、映画の後でハンバーガー食べに行ったときにいつまでも言うからウザかった」

　ダニエルは、『アラジン』のミュージカルで共演して以来の息子の友人だ。ハンガリーからの移民の家庭の子どもで、非白人に対する差別的な言動が著しかったり、坂の上の高層公営団地に住む人々は反社会的と決め付けたりして、たびたび息子と口論を繰り返しながら、やっぱり一緒に外出したりしている。2人とも音楽や演劇が好きで、趣味が似ているからだろう。それに、彼は、息子曰《いわ》く「いまどき稀《まれ》に見るオールドファッションな考えのダサいやつ」と見なされて、学校で孤立するようになったらしく、そうなってくると放っとけない気分になるようだ。

「僕は、例えばウィルの家みたいなレズビアンやゲイの両親がいる家庭とか、託児所に通ってた頃からふつうに知っていたけど、ダニエルはそうじゃない。だって僕が託児所にいた頃、彼はまだハンガリーにいたわけだし。だから、いろいろ言いたくなるんだろうな」

　ハンガリーと言えば、オルバーン政権下で社会の右傾化が話題になっていて、たとえばミュージカル『リトル・ダンサー』の公演がキャンセルになったりもした。『リトル・ダンサー』は1980年代の英国の炭鉱町を舞台とした物語で、原題は『ビリー・エリオット』だ。ビリーという少年が、炭鉱労働者の街というマッチョな気風の環境に育ちながらバレエの才能に目覚め、貧乏や抑圧やジェンダー、セクシュアリティへの偏見に立ちふさがれながらダンサーへの道を進むというプロットだ。2000年英国公開(2001年日本公開)の映画に基づいたこのミュージカルはエルトン・ジョンが作曲を手がけており、世界中で公演されヒットを飛ばしているが、ハンガリーでは「同性愛をプロモートするミュージカル」というキャンペーンが起き、チケットが売れずにキャンセルになった。

「子どもたちを同性愛者にするかもしれない」という論説を載せたハンガリーの新聞すらあったという。「人口が高齢化し、減少しているときに、同性愛を宣伝することは国益ではあり得ず、我々の国は侵略の脅威にさらされている」と書かれていたと英紙ガーディアンが伝えていた。

「同性愛の宣伝は国益ではない」と言えば、思い出すのはサッチャー元首相だ。彼女も同性愛について学校で教えてはならないとして悪名高き「セクション28」と呼ばれる法律を作ったことがある。そのサッチャーの時代を舞台にしたミュージカルが、いままたニュースのネタとして蘇《よみがえ》っているのだ。

「ダニエルはミュージカル好きだから、ビリー・エリオットの話とかも当然知ってるよね?」

「うん。歌とか、全部歌えるよ。めっちゃうまい。けど、そういうのと現実はまた違うんじゃないかな。彼のお父さんが、ライフ・スキルの授業でＬＧＢＴＱについて習ったって言ったら激怒してたって」

移民にしても、全員が英国の教育や考え方に賛同するからこの国に来ているわけではないのである。中学校で行われているライフ・スキルの授業には、それぞれの出身国や宗教的な考え方から気分を害する移民の親がいるのは想像がつくし、「学校で教えていることは間違っている」と子どもに言っている保護者もいるかもしれない。

そういえば、カトリックの小学校に行ったうちの息子にしても、学校の授業でＬＧＢＴＱについて教わったのは初めてだったはずだ。

「ＬＧＢＴＱに関する授業って、どんなこと教わるの？」

「それぞれの頭文字が意味すること、つまり、レズビアン、ゲイ、バイセクシュアル、トランスジェンダー、クエスチョニングとはどういうことなのか、って説明があって、ホモフォビアとかバイフォビアとかそういう嫌悪《フォビア》は絶対にいけないということとか、ジェンダーのステレオタイプも間違っているということとか、そういうことをひと通り教わった」

「ふうん」

「その授業を受けた日の帰り、自分のセクシュアル・オリエンテーションについて、友達と話したんだ」

「うん」

「でね、僕とティムはたぶん自分は異性愛者《ヘテロ》だと思うって言ったら、ダニエルはもう、自分はヘテロ以外あり得ないとかムキになってたんだけど、オリバーは自分はまだわからない《クエスチョニング》って言ったんだ」

ラグビー部とサッカー部をかけもちし、8年生にしてどちらも学校代表選手に選ばれているがっしりと大柄なオリバーの姿が浮かんだ。息子の友人のグループの中で一番マッチョな外見の少年だ。12歳の男の子がいったいどんな顔をしてそのことを言ったんだろうと思ったら、少し心配になってきた。

「ダニエルはそれについて何か言った？」

「最初はショックだったような顔をしていたけど、オリバーがあまりにもクールな感じで冷静に言ったものだから、ちょっと気圧《けお》されたような感じで、『時間をかけて決めればいいよ。焦《あせ》って決める必要ないよ』とか言ってた」

そう言って笑っている息子を見ていると、彼らはもう、親のセクシュアリティがどうとか家族の形がどうとかいうより、自分自身のセクシュアリティについて考える年ごろになっていたのだと気づいた。

「そうか。ダニエルはここのところショック続きなんだね」

「うん」

「しかし、知らない間に成長してるんだね、君たちも」

と言ったら、当然じゃん、というような顔つきで息子が一瞥《いちべつ》をくれた。

さんざん手垢《てあか》のついた言葉かもしれないが、未来は彼らの手の中にある。世の中が退行しているとか、世界はひどい方向にむかっているとか言うのは、たぶん彼らを見くびりすぎている。

12

フォスター・チルドレンズ・ストーリー

英国の学校には学期の真ん中に「ハーフターム」と呼ばれる1週間程度の休みがある。「程度」という表現をつけたのは、1週間ではない場合もあるからで、地方自治体によって休みの長さが違ったりする。たとえば、わがブライトン&ホーヴ市では、今年の秋のハーフタームは2週間だった。

けっこう長いので、何かしたいことはないかと息子に聞いてみると、地元のスウィミング・スクールに通いたいと言う。ハーフタームの間だけ1対1のレッスンを受けられるというのだ。彼はそんなにスポーティーなタイプではないのだが、水泳だけは九州の祖父仕込みで得意だ。市の中学校対抗水泳競技会でメダルをもらったのがよっぽどうれしかったようで、次はひそかに金メダルを狙《ねら》っているらしい。

そういうわけで2週間の休みのあいだ、連日スウィミング・スクールに通い、特訓を受ける息子の姿を2階の見学者用ギャラリーから見ていたのだが、2週目の月曜日の朝は前週と様子が違っていた。プールが中央で2つに仕切られ、1対1のレッスンを受けている子たちが片側、そして中学生ぐらいの滅茶苦茶《めちゃくちゃ》に泳ぎがうまい少女たちのグループが反対側を使用している。

2階のギャラリーも見学者が増え、少女たちの保護者らしい人々が椅子《いす》に座っていた。英語の発音も身なりも、いかにも中上流家庭風といった感じだ。みんなお互いを知っている様子で、「先週はニューヨークに行っていたの」とか「うちはモルディブ」とかいうポッシュ《ポッシュ》な会話が聞こえてくる。なんとなく周囲から浮き上がった気分になっていると、スウィミング・スクールのスタッフが説明しにやって来た。

今週は地元の私立女子校のスウィミング・クラブがプールの半分を使用するという。その女子校のプールに欠陥が見つかり、修理に時間がかかりそうなので、急遽《きゅうきょ》スウィミング・クラブのプールの半分を貸すことになったそうだ。「先週に比べるとプールがちょっと狭くなりますが、ご了承願います」とスクールのスタッフは言った。

どうりで少女たちの泳ぎが華麗なわけだ。名門私立校の水泳のチームだったのである。先の中学校対抗水泳競技会でも、この学校は各学年のレースで1位を独占していた。

しばし中学校水泳界のエリートたちの泳ぎに見とれていると、ひときわ速く泳いでいる少女がいた。すいすいと長い腕を水面から外に出しては突っ込むのだが、その動きがまるで羽のように軽やかで、ほとんど水しぶきが上がらない。弾丸のような速さで進んでいるのに、フォームがまるでスローモーションに思えるほど優雅で、水泳というよりバレエか何か見ているような美しさだ。

プールの端に着いて水面から顔を出したその少女は、ゴーグルを頭の上にずらし、プールサイドに立っているコーチの話を熱心に聞いていた。そしてくるりとこちらを向いたとき、その見たことのある褐色の小さな顔にわたしはぎくりとしたのである。

ソランジュ、いや、リアーナだ。数か月前に中学校対抗水泳競技会で見かけた、顔はビヨンセの妹のソランジュによく似ているのだがリアーナと呼ばれていた少女のように見えた。よく考えたら、あのとき彼女はこの女子校の制服を着てプールの外に出て来たのだ。そして金髪の白人女性と一緒に車に乗って去って行く姿をわたしと息子は市民プールの前で見送ったのだった。

あのときの女性もここにいるかと思ってギャラリーの中を見回してみたが、はっきり言ってほとんどが金髪で似たような恰好《かっこう》をした中年の白人女性ばかりなので、どれが彼女の保護者なのかわからない。

リアーナ。それは、わたしが（勝手に）底辺託児所と呼んでいた、わたしが保育士の資格を取得した託児所に来ていた小さな女の子だった。最初に会ったのはリアーナが2歳のときだ。どうして彼女をそんなに鮮明に覚えているのかというと、群を抜いてストロングでバッドな幼児だったからだ。他の子どもが持っている玩具《おもちゃ》や絵本に興味を持てば、相手をグーで殴り飛ばしたり脇腹《わきばら》に蹴《け》りを入れたりして必ず手に入れ、保育士が自分より小さな赤ん坊にばかりかまっていると、やっと立てるようになった1歳児の頭をざぶんと水槽に沈めたり、もみじのような赤ん坊の手の甲に鉛筆をぶち立ててヤキを入れようとしたりする、たいへんに凶暴な女児だった。わたしはひそかに彼女のことを託児所の極道児と呼んでいたほどだ。

からだのあちこちにタトゥーを入れ、顔面にも複数ピアスが光っていたリアーナの母親は、ガリガリに痩《や》せた若い白人女性で、頬に大きな傷跡があった。刑務所に入っているリアーナの父親から切りつけられたと噂《うわさ》で聞いた。ジャマイカ出身のその男性はDVで逮捕されて服役中だったが、その前にも傷害罪で刑務所に入れられたことがあったそうで、アンガー・マネジメント面で問題があるようだった。

家庭でDVの現場を頻繁に見て育ったせいか、リアーナには暴力に対するタブーの意識がなく、「ここまではいいけど、これ以上はダメ」という限界がわからなかった。

だから、託児所では常に誰かが1対1で彼女について、彼女が他の子どもや彼女自身を傷つけないように見ていた。わたしは当時、保育士の資格を取るためにコースを受講していて、特にスペシャル・ニーズを持つ子どもの保育に強い関心を持っていたので、よくリアーナの担当に回された。

幼児の頃から背が高く、身体的能力が高くて、年上の子よりも速く走り、軽々とジャンプすることができた。あの小さかった2歳児が、いま12歳になって、赤いコースロープで仕切られたプールのこちら側を人魚のように泳いでいるのかもしれなかった。でもあのリアーナがこのリアーナと決まったわけではない。第一、プールで泳いでいるあの子が、わたしが中学校対抗水泳競技会で見た子と同一人物かどうかもわからないのだ。似たような風貌《ふうぼう》の子が同じ学校にいないとは限らない。はやる気もちを抑えながら、わたしは鳥のように長い首を持つ少女が泳ぎ続ける姿を見つめていた。どうすれば彼女があのリアーナかどうかわかるだろう。でも、わかったからと言ってわたしはどうしようというのだろう。

安全基地《セキュア・ベース》とミスター・パイ

翌日のことである。スウィミング・スクールのプールに行くために、息子といつものようにバス停に立っていると、ひとりの少年が坂を下りてくるのが見えた。遠くからでもひときわ目立つ服装だ。いまにも落ちそうな位置までずり下げられたストーンウォッシュのバギージーンズにじゃらじゃらと幾重にもチェーンが下がり、10月も終わりの寒い日だというのにノースリーブの革のベストを素肌に着用し、こちらにもびっしりシルバーの鋲《びょう》がついている。

近づいてくると鼻と顎《あご》のあたりにピアスが入っているのが見え、服装のわりには幼さの残る顔立ちだった。少年はバス停で立ち止まり、じっと息子の顔を横目で見ていた。

息子はかたくなに顔をそらして少年のほうを見ようとしないので、同じ中学の子だろうと思った。バスが来て、中に乗り込んでからも、息子は押し黙っている。彼がバスを降りて行くと、ようやく安心したように口を開いた。

「同じ学年の子なんだよ」

「えっ？　そうなの？　きっと上級生なんだろうと思ってた。14歳とか、そのぐらいに見えたよ」

「近くに住んでるって噂は聞いてたんだけど、まさか同じバス停だなんて」

秋の陽ざしにチェーンや鋲をきらきらさせながら通りを横切っていく少年の後ろ姿を、息子は窓からじっとりと見ている。

「どうして彼を見てあんなに固まってたの」

と聞くと、息子は答えた。

「すごい暴力的でヤバいことで有名なんだよ。9月に転校してきたんだけど。フォスター・ファミリーが変わったから、学校を変わったんだって。前は隣の市に住んでたらしい」

フォスター・ファミリーとは、里親のことだ。つまり、あの少年は何らかの事情で福祉課に保護され、里親に預けられているのだ。そしてまた何かの事情で、里親が変わることになったのでこの界隈《かいわい》に引っ越してきたのだという。

「彼ね、赤ん坊のときに段ボール箱に入れられて道端に捨てられていたらしいよ」

「え、誰がそんなこと言っているの？」

「本人」

「……そう」

「毎年のようにフォスター・ファミリーが変わってるんだって。だから、すぐにうちの学校からもいなくなるんじゃないかってみんな言ってる」

あんな格好をしていても、12歳の子どもである。あの年齢になるまで何度も里親が変わってきたということは、小学生の頃から安定した家庭に恵まれなかったのだ。子どもたちにとって養育者とは外界から帰ることのできる安定した心の基地のようなものだ。米国の心理学者、メアリー・エインズワースはこれを「安全基地《セキュア・ベース》」と呼んだ。「安全基地に恵まれずに育った人は、どうやって自分が安全基地になっていいかわからないから、子育てで苦しむ」と底辺託児所の責任者だった師匠のアニーがよく言っていた。実際、託児所に子どもを預けていた人々の中で、福祉が介入して担当のソーシャルワーカーがついている家庭の親には、自身も福祉に保護されて施設や里親のもとで育った人が何人かいた。彼らはよく、自分は生まれてすぐの赤ん坊のときに捨てられた、と言ったものだった。たとえ本当はそうではなくても、そういうことにしたがった。

「彼の場合は、いつも暴力沙汰《ざた》を起こしたり、勝手に授業をさぼったりして、自習室や生徒相談室に送られていることが多くって、ほとんど教室で授業を受けていることはないらしいから、いまでもあんまり学校にいるって感じではないけどね」

息子はまだ先ほどの少年の話をしていた。

「彼は、友だちはいるの？」

「いたらあんな風にひとりで外出しないんじゃない？　それに、滅多に教室にいなかったら友だちはできないよ」

と言った後で息子が思い出したように言った。

「ああ、そういえば、パイがいる。ミスター・パイと仲がいいみたい」

「ミスター・パイ？」

「うん。ほら、生徒相談室にいつもいる、学校の犬の話をしたでしょ。彼の名前がパイ」

そうなのだった。息子の中学校では、犬を使ったセラピー法を導入していて、問題行動の多い生徒に犬と触れ合わせることでセラピーを行い、何年も前から効果を上げてきたらしい。卒業生も会いに来るというパイは、息子たちの学校の名物犬なのだ。

「こないだも科学の時間に窓の外を見たら、彼がパイとボールを追いかけて校庭で遊んでいた。途中からなぜか校長先生も校舎から出てきて、彼らと一緒に走り回っていたけど」

すぐ若ぶってネクタイを緩めて走り出す校長の姿が目に浮かぶようだった。

こういう子どもがいることを気にかける大人もいるし、気にならない大人や、まったく目に入らない大人もいる。

少しでも長く、できれば卒業するまで、あの少年が息子の中学校に通えるといいなと思った。

パイのような犬がいる学校も、ああいう校長がいる学校も、そんなに多くはないと思うから。

リアーナを探して

それから数日間、わたしはスウィミング・スクールで2階のギャラリーからプールを見下ろしつつ、ギャラリーにいる保護者たちの会話に聞き耳をたてていた。が、結局、誰があの「ソランジュ似のリアーナ」の保護者なのかもわからず、彼女が本当に数か月前わたしが見かけた少女と同一人物かどうかも実はわからない。しだいにわたしのほうでも関心が薄れ、持ってきた本を読んだり、ラップトップのPCを出して仕事をするようになった。

最終日の金曜日のことだった。空いていた隣の席に、長い金髪を後頭部でまとめて、ベージュのカシミアっぽいセーターを着たご婦人が腰かけてきた。インディゴ色の細いジーンズにロングブーツを履いて、このまま乗馬ができそうな感じのスタイルだ。

「あ、すみません。うっかりして伺いませんでしたが、空いてますか、ここ？」

席に腰掛けた後で彼女は言った。

「もちろん空いてます。誰も座ってませんので、どうぞ」

そう答えると、彼女はにっこり笑って「ありがとう」と言い、前面のガラス越しにプールのほうを見下ろした。飛び込み台に上ろうとしていた少女のひとりが微笑《ほほえ》んでこちらに手を振っている。隣のご婦人も手を振り返した。

どきっとした。階下のプールから手を振っている褐色の肌の少女は、あの子だったからだ。

この人が保護者なんだ、と思った。あの子がリアーナかどうかはわからないが、こちらを向いて手を振っている笑顔は、中学校対抗水泳競技会で見た少女と間違いなく同一人物に見えた。

そのまま少女は飛び込み台に上がり、見とれるようなしなやかな弧を描いて水中に飛び込んだ。そのジャンプを見届けてから、隣の女性はハンドバッグの中からごそごそと携帯を出し、何かをチェックし始めた。盗み見た待ち受け画像は、彼女とあの少女が並んで笑っている写真だ。

何かを言わなきゃ、彼女と話をしなくちゃ、と気が焦《あせ》った。ここで会話しなければ、あの子が「あのリアーナ」かどうかは永遠にわからない。

「お子さん、ずっとここのスウィミング・スクールに通ってらっしゃるんですか？」

なぜか彼女のほうから先にわたしに話しかけてきたので、わたしは出鼻をくじかれて動揺しながら答えた。

「え、い、いえ、ふだんはうちの子、市の水泳教室に通ってるんですけど、ハーフタームの間だけ、ここに来てます」

「そうなんですね。小さいのにとても泳ぎが上手でいらっしゃるから、ふだんからこのスクールでトレーニングを受けていらっしゃるんだろうと思ってました」

そう言って女性は柔らかく微笑んだ。そうか、東洋人の保護者はわたしひとりだし、プールにいる子の中でも東洋人はうちの息子だけだから、ギャラリーの中にいる人々は何も言わなくともみんなわたしと息子が親子であることがわかっているのだ。きっと対照的に、このご婦人とあの少女を一見して結びつけられる人はそういないだろう。

「いや、小さく見えますけど、うちの息子、実はもう12歳で、中学生なんです。9月から8年生になりました」

と言うと、彼女は瞳《ひとみ》を輝かせた。

「あら、じゃあうちのリアーナと同じですね。彼女も8年生。背が高くて大人びているからもっと年上と思われるんですけど」

リアーナ、とやはり彼女は言った。うちの娘、とは言わなかった。通常、里親は預かっているフォスター・チャイルドのことを名前で呼ぶ。

「私立校のクラブって本格的ですね。コーチが厳しくて、公立校とは全然違うなと思ってみてました」

とわたしが言うと、彼女は答えた。

「いろんなところで開催される大会に参加したり、合宿もあるし、週末も練習や大会で、家族旅行の計画を立てるのも大変なんです。うちのリアーナはダンスや美術のクラブにも入っているから大忙し」

「それは本当に忙しそうですね。でも、ティーンのうちにいろいろなことをやるのはいいことですよね。自分が好きなことを見つける意味でも」

世間話のように軽い気持ちで言ったのだったが、女性は真剣な顔つきになって言った。

「ええ。でも、リアーナはもう決まっているみたい。あの子は、スポーツも好きだけど、一番好きなのはアート。絵を描いたり、写真を撮ったりするのが大好きで、とても才能のある子なんです」

ここでも引っかかりを感じた。自分の子どもだったら「とても才能がある」なんてこんな風にさらっとは言えない。わたしはすでに、わたしが知っていたあの幼児のことを思い出していた。

工作遊びのテーブルで、コーンフレークやティーバッグの空き箱を使ってみんなでトレジャー・ボックス（宝箱）を作ろうと言ったら、ひとりだけじょきじょきハサミで空き箱を切り始め、それを丸めて望遠鏡みたいな形にし、「刑務所のパパが見える」と言ったリアーナ。「じゃあ、リアーナの宝物はパパなの？」と聞くと、こっくり頷《うなず》いて絵の具で派手なピンクや黄色の色を塗り、ラメや羽で飾って2歳児の作品とは思えないカラフルな力作を完成させたのに、お迎えに来た母親にそれを渡すと、大人用トイレのごみ箱の中に捨てられていた。

「刑務所のパパが私の宝物」なんて娘に言われたら、その男に殺されかけたことのある母親はどんな気持ちになるだろう。ごみ箱を見てたまらない気持ちになったが、紙おむつやティッシュや生理用品にまみれて不敵なほど毒々しい明るさを放っていたリアーナの望遠鏡を見ているとなぜか笑いがこみ上げて来た。とてつもない生命力に溢《あふ》れた作品だったからだ。暴力的なだけじゃない、驚くほど創造的な子ども。師匠アニーはリアーナについてそう言っていた。

「小さいときから、ずっとアートっぽいことが好きだったんですか？」

わたしは訊《き》いてみた。

「ええ。いつも絵を描いたり、何かを作ってました。何年も前ですが、私の誕生日に、宝石箱を作ってくれたこともありました」

思わず言葉が出なくなった。

「ボール紙で作った箱なんだけど、きれいなビロードの布が中に敷いてあって、いまでも使ってるんです。ああいうのって、何というか、センチメンタルな価値があって捨てられませんよね。私の宝物です」

女性はそう言ってプールを見下ろしながら微笑した。優しそうで、幸福そうな人だ。ひらひらと美しいクロールで泳いでいるリアーナは、この安全基地で育てられてきたのである。

数か月前に市民プールで彼女を見かけた後、底辺託児所で同僚だった友人にリアーナのことを尋ねたのだった。託児所の近くの小学校に入学したリアーナは、母親の新しい同棲《どうせい》相手がまたもや暴力的な人で、母親だけでなくリアーナにまで手を出したので、福祉課に保護されて里親に預けられたと聞いていると友人は言っていた。

もしも目の前で泳いでいるリアーナがあのリアーナなら、彼女は里親のもとをたらい回しにされなかったのだ。私立校に通っていることから考えると、養子縁組された可能性もある。

(リアーナは幸運だったようです)

いまは亡《な》き師匠アニーに伝えたかった。

ふとプールを見下ろすと、1対1のレッスンは終了したようで、息子たちの姿はなかった。この時間からは女子校がプールを独占するらしく、スタッフがプールを中央で2つに仕切っていたコースロープを取り外しているところだ。

「いつの間にか、息子たちのレッスン、終わってたんですね。そろそろ下に降りないと」

と言ってわたしはPCを畳み、バッグの中にしまった。

「またどこかで、お会いしましょう」

隣の女性が微笑んで言った。どうしてそんなことを言うんだろうと一瞬思ったが、英語の挨拶《あいさつ》としてはスタンダードな文句だったと気づき、

「ええ、きっとどこかで。あなたとお話ができて本当によかった」

とわたしも標準的な文句の挨拶を返した。

ギャラリーを出て階段を降りると、まだ息子は更衣室から出てきていなかった。ガ

ラス張りになった壁の向こうにプールが見える。リアーナはプールから出てベンチに腰掛け、友人と何か話し込んでいる。肌の色も髪の色も顔立ちもまるで違うのに、その頷く仕草や相手の目を覗《のぞ》き込んで話を聞いている姿は、どこか2階に座っている女性に似て穏やかで優しげだった。

「どうしたの？」

更衣室から出て来た息子がいつの間にか脇に立っていた。

「どうもしない」

「どうして泣いてんの？　何があったの？」

「何もないって。子どもは知る必要のないこと」

「えー、子どもには『知る権利』があるんだよ」

とぶーたれる息子にわたしは言った。

「話す必要のないことも、世の中にはあるんだよ」

息子はちょっと肩をすくめて、

「まあね、それはわかる」

と言い、スタスタと先に歩き始めた。出口の扉を開けると初冬の冷たい風が飛び込んできた。

（いつも託児所でリアーナに泣かされていた息子もそれなりに成長していますよ）

ふと見上げれば、師匠アニーの目の色と同じブルーグレーの空がわたしたちを静かに見おろしている。

13　いじめと皆勤賞のはざま

「叩《たた》かれても叩かれても絶対にやめない人って、ちょっと尊敬せずにいられませんよね」

テレビのニュース番組で、コメンテーターがそんなことを言っていた。

メイ首相がEU離脱をめぐる協定案を発表したら、閣僚がその内容に反発して続々と辞任し、保守党の議員も不信任案を叩きつけてクーデターを起こす準備をしているなどと報道されているのに、本人は最後まで協定をまとめる仕事をやり遂げると言っているからだ。テレビも新聞も連日そのニュースで、「今日か明日か」とメイの辞任を予想するなかで首相の座に座り続けている彼女の姿に心動かされ、政治家としての手腕はさておき、あのタフさには感心すると言う人が増えているのだ。

このコメンテーターの発言を聞いて、わたしが思い出したのは息子の言葉だった。

「いじめられてもいじめられても、絶対に学校を休まないって、ちょっとすごいと思う」

友人のことを評して息子がそう言ったのである。

ダニエルは、とてもハンサムで歌や演技のうまい、ウエストエンドのミュージカルの公演で子役を演じたりしたこともある目立つ少年だ。それゆえ中学入学時にはわりと幅を利《き》かせていた。7年生が演じるミュージカル『アラジン』でも主役を演じ、女の子にもモテモテで、学業のほうでも成績が良いので先生たちからもちやほやされていた。

しかし、徐々にその状況が変化してきた。

というのも、ダニエルが人種差別的だったり、女性差別的だったり、または階級差別的だったりする発言を時々するからで、要するに、一昔前のおっさんみたいなヤバいことを言いがちだからである。こういう子は、現代の英国の教育現場では非常に問題視される。とくに、EU離脱投票以降、移民問題がよりセンシティブになったこの国では教員たちも差別的言動には以前よりも厳しく目を光らせている。

「あの子は言動がまずいから注意して見ていましょう」みたいなコンセンサスが教員たちの間でできあがっているだろうということは、わたしも保育士として働いたことがあるのでだいたい想像がつくが、こうした大人の態度の変化を子どもたちは見逃さない。ダニエルには公式に「正しくない人認定」が下りたのだと思い込み、いくらバッシングしてもいい対象になったと判断して、これ見よがしに彼を無視したり、いじめを始めた。

もちろん、ダニエルにしても、ダンスの得意でない黒人の女の子のことを「ダンスが下手なジャングルのモンキー」と嘲笑《ちょうしょう》したり、息子のことだって仲良くなる前には「スリティー・アイズ（吊《つ》り上がった目）の母親を持つ半東洋人」と呼んでいたそうだし、ポリティカル・コレクトネス（ＰＣ）もへったくれもない発言の数々は確かにひどかった。しかし、間接的に彼からバカにされていたらしいわたしですら一抹《いちまつ》のサッドさを感じてしまうのは、彼が使っている言葉が、痛々しいほど古めかしいからだ。黒人とジャングルをリンクさせるのは、アーバン・ミュージックやヒップホップがクールなポップミュージックと見なされている現代の英国のティーンにはない発想だし、「スリティー・アイズ」にしても、エリザベス女王の夫のエディンバラ公がそう言ってメディアから袋叩きにされたことはあったが、あれだって１９８０年代の話である。

いまどきのテレビやメディアがこんな発言を流すことはないし、ＥＵ離脱投票以降、「排外主義に傾いた、取り残された人々」認定を受けた英国の労働者たちだって、ここまで古式ゆかしい差別発言はしない。はっきり言ってダサい《アンクール》からだ。

それなのに12歳のダニエルが堂々と「いったいいつの時代なんだよ」と思ってしまうような発言をするのは、おそらく周囲にそういうことを言っている人がいるからだろう。

『アラジン』でダニエルと息子が共演したとき、公演後に息子が着替えて出てくるのを待っていたら、ダニエルの両親も近くに立っていた。母親のほうはにこやかに挨拶《あいさつ》してくれたが、父親は少し離れたところに立って汚物でも見るような目でわたしを見ていた。

「ハロー、初めまして」と言ってもガン無視されるという経験は英国ではまずない。だからそのときの彼の表情や風貌《ふうぼう》をよく覚えている。見るからにとても真面目《まじめ》そうな、鼻の形がエイドリアン・ブロディに似た長身のお父さんだった。ハンガリーから来てわずか数年で自分のレストランを開き、いまや観光サイトやグルメサイトで「ブライトンのおいしい店トップ10」みたいなリストの常連になるほどビジネスを繁盛《はんじょう》させた人なのだから、短期間で成功した移民である。

母親のほうはとても気さくで、良き母、良き妻、といった雰囲気の人だった。マッチョで真面目でよく働きよく稼ぐ父親と、美しく優しい専業主婦の母親。いまどきの英国の地べた事情から見れば、レトロなものを見ている気になるようなカップルだった。

「時代遅れの反PCな発言は本当によくないけど、その『時代遅れ』の部分を強調していじめるのもどうかと思うんだ」

と息子は言った。最初はあまりに差別的なことを言うのでダニエルと喧嘩《けんか》したこともあったが、そのうち息子は彼と仲良くなった。で、ダニエルのレイシズム発言をうるさく諫《いさ》めるようになったので、以前のようにあからさまな差別発言はない。が、いまでもやはりPC的によろしくない言葉をポロっと言ってしまうことがある。

「SNSで『今日あいつがこんなことを言ってた』みたいに書き込まれて、わーっと広まり、ダサいとかバカとか言われ放題で、学校でも勝手にロッカーを開けて荒らされたり、体操服を盗まれたり……。もう彼と口をきく子もいないよ」

「先生たちは、そういう状況を知ってるの？」

「うん。ダニエルの両親が何度も学校に相談に来てる」

息子はちょっと考え込むようにしてため息をついた。

「難しいんだよね。ロッカー荒らしや体操服の件は誰がやってんだかわからないし、SNSでひどいこと書かれるのも、そもそも彼の発言に問題があったからだと言われたらそれはそうだし、彼と喋《しゃべ》らないのや無視するのだって、それは個人の好き嫌いの問題と言われればそれまでだし」

息子と仲のいい友人グループの中にはダニエルを見捨てた子もいる。が、息子にしても、(ダニエルと取っ組み合いの喧嘩をしたことのある)ティムにしても、彼からダイレクトに差別されて衝突したことのある子たちは友達として残っている。

「ダニエルからひどいことを言われた黒人の子とか、坂の上の公営団地に住んでいる子たちとかは、いじめに参加してない。やっているのはみんな、何も言われたこともされたこともない、関係ない子たちだよ。それが一番気持ち悪い」

と息子は言った。

「……人間って、よってたかって人をいじめるのが好きだからね」

わたしが言うと、息子はスパゲティを食べる手を休めて、まっすぐにわたしの顔を見た。そしてあまり見たことのない神妙な顔つきになって言った。

「僕は、人間は人をいじめるのが好きなんじゃないと思う。……罰するのが好きなんだ」

たいしたことじゃないんだ

ある日曜日、息子がダニエルと一緒に、クイーンの伝記映画『ボヘミアン・ラプソディ』を見に行くという。準備をしている息子に、配偶者が聞いた。

「あの映画、親が一緒に行かなくていいのか？」

「うん。12Aのレイティングだから、僕たちだけで大丈夫」

「そうなのか。意外と年齢制限とか緩いんだな……」

なんとなく配偶者が寂しそうにしているのでどうしたのかと聞いてみると、彼も見たいのだという。しかし、「親と一緒なんてダサい。絶対やめて」と息子に拒否されしょんぼりしているので、息子たちを車で送り、先に降ろして館内に入らせてから、車を駐車場に入れて親たちも映画館に行き、できるだけ遠く離れた席に座るという、ややこしいやり方で見に行くことになった。

クイーンのヒット曲で構成されたミュージカル『We Will Rock You』が小学生の頃から大好きだった息子とダニエルは、行きの車の中でも「あの曲やってるシーンがあるかな」「あ、それYouTubeに映像が出てたよ」と後部座席で楽しそうに話し合っていた。学校でのいじめの話を聞いていたので心配していたが、ダニエルは思ったよりぜんぜん元気そうで、相変わらずシュッとした美少年だった。

映画を見終わった後、息子たちはバーガーキングへ、わたしと配偶者はパブへ行き、帰りたくなったら息子がわたしの携帯にメッセージを入れて一緒に帰ることになっていたのだが、配偶者がもうめんどくさいからみんなでパブに行こうと言い出し、あっさり息子とダニエルもついてきた。中学生同士でパブに来ている同級生はいないはずだから、親と一緒でも誰にも目撃されることはないという判断だったのだろう。クールかアンクールか、がこの年代にはすべてなのだ。

昨今の英国のパブ料理はメニューが充実している。ビールとピーナッツしか出さないむかしのパブのイメージを持っている方々は驚くだろう。これは英国の人々（特に若者たち）の飲酒量が減っているので、食事で稼がないとパブの経営が難しい時代になっているからだ。いまはレストラン顔負けの本格的な食事を出しているパブも少なくない。

そんなわけで、バーガーキングとはまるで違う、高級グルメバーガーみたいなたいそうな盛り付けのバーガーを食べながら、息子とダニエルは映画の感想を語り合っていた。

「ライヴ・エイドのシーン、よかったねー」

「うん。会場にいる気分になった」

「僕、『グレイテスト・ショーマン』よりこっちのほうが好き」

息子たちの友人グループには、LGBTQのQ、つまり異性愛者か同性愛者かまだわからない《クエスチョニング》と公言したオリバーがいるが、フレディ・マーキュリーの性的指向がストーリーに織り込まれているこの映画を2人はどんな気持ちで見たのだろう。そういえば、ダニエルが生まれたハンガリーでは、『リトル・ダンサー』が同性愛宣伝ミュージカルとして上演キャンセルになったが、この映画は上映されている。なぜこっちは許されたのだろう、とふと思う。フレディはエイズにかかった人だから、同性愛のポジティブな宣伝にはならないと判断されたのだろうか。

「とても美味《おい》しかったです。どうもありがとうございました」

ハンバーガーを食べ終えたダニエルはそう言った。いまどきの中学生にしては珍しいほど礼儀正しいのだ。

「今日はほんとによかった。この映画見たかったけど、一緒に見に行く人がいなくって」

「僕もそうだよ。ヒーロー映画とかアクションものは一緒に行こうってみんな言うんだけどね」

そう答えた後で息子はハッとしたような顔になった。ダニエルが仲間はずれにされていることを思い出したのだろう。

「でも、この映画とか『グレイテスト・ショーマン』とかは、やっぱダニエルと見る映画だよね。だって、ほかの子は曲とか全然知らないもん」

急いで付け足すように息子が言うと、ダニエルが形の良い口角を上げてにこっと笑った。

こんなにハンサムで、成績が良くて、歌やダンスや演技がうまくて、スター性のあるきらきらした子なのに、学校でひどいいじめにあっているなんて信じがたい気がする。

両親に相談されても学校がまともに取り合っている感じではないのも、もしかしたらこのきらきらのせいかもしれない。いじめられているというと、いかにも弱者っぽい子を想像してしまうが、現実はけっこう違う。

「僕もほかに一緒に行ける人はいなかった。家族で見に行こうにも、父さんがこういう映画は大嫌いだから」

と言うダニエルの表情が少し曇ったような気がしたが、すぐにまた発光性のある顔に戻って言った。

「明日、歴史の宿題の提出日だっけ？」

「うん。昨日レポートを先生にメールした」

「えっ、僕は半分も終わってない。今晩やんなきゃ」

帰りの車中で、クイーンのベスト盤をかけたら2人はもう浮世の悩みなど忘れた様子で体を揺らして歌っていた。まだ子どもだな、と思って運転席の配偶者の顔を見ると、こっちもハンドルを握ってノリノリになっている。

「ボヘミアン・ラプソディ」で「キャリオーン、キャリーオーーン……」とバラード調に歌いあげた後に曲調が一転してヘッドバンギングしたくなるパートは運転にはたいそう危険な感じだったが、なんとかダニエルの家があるエリアに辿《たど》り着いた。左右にアーチ形の大きな窓のある家が立ち並んだ小道に入り、坂を下りて行くと、

「ここで止めてください」

とダニエルが言った。うちのようなボロボロの公営住宅とは違う、瀟洒《しょうしゃ》なミドルクラス風の邸宅の前だ。

「今日は本当にどうもありがとうございました。とても楽しかったです」

またしても百点満点の台詞《せりふ》を口にしてダニエルが車を降りて行った。

「じゃ、明日また学校でね」

息子が言うと、ダニエルも、

「うん、また明日」

と笑う。そして彼は芝居がかった調子で両手を挙げて「ボヘミアン・ラプソディ」の最終部を歌って見せた。

たいしたことじゃない、ほんとうに僕には何もたいしたことじゃないんだ。

甘いクリームをなめていたら入っていた棘《とげ》のように、そのおどけた声がちくりと胸に刺さった。

皆勤賞にむかって

「ああもう、またこんなことするからダメなんだよ‼」

それから数日後、携帯をチェックしていた息子がそう言いながら居間のソファの上でひっくり返っていた。

「ああもう、ほんとに！　神様なんとかしてくれ、って感じ」

「どうしたの？」

「これ見て」

息子がわたしの顔の前に携帯を突き出した。いきなりダニエルの顔のアップで始まる動画がスタートする。彼が駐車場かどこかの屋上みたいな、コンクリートがむき出しの灰色の壁の前に脚を投げ出して座っていて、自撮りしているのだろうけれども、自分の顔がいい感じに陰影を帯びるアングルを知っているに違いない。斜め下の絶妙な位置から撮影されている。

高い頬骨の下にうっすらと陰が入り、これは12歳の顔じゃないだろうと思うような物憂《ものう》い流し目でこちらを見ながら、ダニエルが淡々とした口調で喋り始める。

「僕はチャーミングな少年を知っていた。かなり前の話さ。でも痛みと拷問《ごうもん》にまみれて、彼はいつだってやけになった。レッテル貼《は》り、ひどいメッセージ、すべて知ってる。ドアから手紙が投げ込まれたこともある。助けを呼んだけど、誰にも聞こえなかった」

わたしは息子に聞いた。

「これ、自分で考えたセリフ？」

「たぶん、いじめ撲滅ポエムの一つだと思う。こういうの、学校でも読まされるし。ネットでもいろいろ拾えるからね」

しかし、何よりも驚かされたのは、目の前でプレイされている携帯の動画が、中学生がソーシャルメディアに投稿した自撮りビデオというより、映画のワンシーンのようによく出来ていることだった。それはやはりダニエルが演技の訓練を受けていることと、ルックスの効果が大きい。この子、やっぱスター性があるわ、と感心している傍《かたわら》で、

「こんなことをするからよけいにいじめられるんだよ」

と息子は頭を抱えている。

確かに、この動画の構図やダニエルの表情、喋り方は過剰にナルシスティックではあった。反射的に嫌悪感《けんおかん》を覚える子たちもいるだろう。が、事情を知っている者には刺さるものもあるのではないだろうか。

「これだけじゃないんだよ。これまでも、こういうのを何回もインスタグラムに投稿してて、これがいじめの燃料になっているのに、本人は全然わかってない」

「いやでも、これが彼の心の叫びなんでしょう」

と言うわたしに、息子はダニエルの他の動画をクリックして見せた。浜辺で、森の中で、洒落《しゃれ》たカフェの窓際《ぎわ》の席で、斜め下の角度からドラマチックでハンサムに撮れたダニエルが、物憂げにいじめ撲滅ポエムをつぶやくビデオが次々と現れる。

「くどいでしょ。さすがにこれは」

わたしが思わず言葉を失っていると、テーブルでボリボリ柿の種を食べていた配偶者が言った。

「わざとやってんだろ、それ」

「は?」

「だって、『いじめられたらやけになる』って、さっきポエムか何かで自分で言ってたじゃん。やけくそになって、どうせ嫌がられるんならお前らを思いきり嫌がらせてやるって感じでやってんじゃねえの」

彼は柿の種の袋の中に手を突っ込んでピーナッツを探しながら続けた。

「かわいそうとか思われたくてやってるんじゃないと思うよ。みんなをムカつかせたくてやってるんだ。ははは、反抗的でいいじゃん」

笑っている配偶者に息子は言う。

「もしそうだとしても、反撃したら、するだけ傷つく。反撃して傷ついて、またそれで相手を憎んで反撃して傷ついて、また憎んで反撃して、で、それで終わりはどこにあるの?」

おお、何かすごく深いことになってきたなと思った。この2人の間には、半世紀の年齢差があるのだ。EU離脱に揺れ続ける英国では、離脱派の多い年寄り世代と残留派の多い十代、二十代の考え方の違いがずっと話題になってきた。我が家でも、まさにその縮図のような会話が繰り広げられているではないか。ＥＵに反乱を起こした離脱世代への若者たちの問いにも似た息子の質問に、「反逆と報復の反復の果てに何があるのか」というクエスチョンに、配偶者はどう答えるのだろう。息を殺して注目しているわたしたちに、彼はあっさり言った。

「知らね」

ダニエルへのいじめはまったりとしつこく続いている。まったりと、というのは、暴行を加えられるとかトイレに閉じ込められるとかそういうオールドファッションなことが行われているわけではなく、ＳＮＳのサイバー空間で誹謗《ひぼう》中傷されているからだ。公然と無視されたり、それとなく仲間はずれにされたりということは学校でもあるようだが、12、13歳ともなれば子どもたちも狡猾《こうかつ》なので、教員に知られるようなことはしない。

そんなことがあっても「絶対に学校に来るところがすごいよね」と息子が評するダニエルは、中学に入学して以来、毎学期必ず皆勤賞を貰《もら》っている。

風邪をひいて熱があっても、前夜に嘔吐《おうと》したとしても、毎朝、必ず学校に来る。父親は「気分がたるんでいるから風邪なんかひくんだ。その辺をちょっと走ってこい」と言う人らしい。「乾布摩擦さえしとけばすべてオッケー」タイプは東洋限定なのかと思っていたが、どうやらそうでもないようだ。

またその元気に学校に来て皆勤賞を貰っている感じが、いじめているほうにしては面白くないのかもしれない。だからさらにいじめたくなるという、邪悪な循環の輪だ。

「たぶん、いじめられて学校を休んだら、いじめてる子たちに負けたみたいだから、絶対行けって言うのかもね」

いかにもマッチョな感じだったダニエルの父親の風貌を思い出しながらわたしは言った。

「これって、そういう勝ち負けの問題なの？　いじめって、闘いなの？」

「闘いにしたほうが、一方的にやられているよりも屈辱的じゃない、っていう考え方じゃないかな」

わたしが言うと、息子はため息をついた。

「母ちゃんもそう思う？」

「いやわたしは、別にきつかったら休んだらって思うけど」

「だよねー。……おかげで僕まで学校を休めなくなっちゃってつらい」

「なんで？」

と聞くとちーんと鼻をかみながら息子が言った。

「だって僕が休むと、ダニエルがひとりになるでしょ」

ティッシュを丸めてごみ箱の中に捨てながら息子がつぶやく。

「キャラクターの強い友達を持つって、いろいろ大変」

ガサガサと新聞をめくりながら配偶者が遠くから言った。

「体が丈夫になっていいんじゃねえか？」

そういう問題なの？　と言いたげな目つきで息子は自分の父親を見ていた。

このまま行けば、うちの息子も今学期は初めて皆勤賞の賞状を貰ってきそうな勢いだ。

14 アイデンティティ熱のゆくえ

息子が入学して2年目、8年生になった学校で、生徒会長に選ばれたのは中国人の少年だ。以前、息子とスーパーマーケットで買い物をしていたときに、筋肉隆々で長身のジャッキー・チェンかと思うような少年が息子に手を振りながら「ハーイ」と笑っていた。秋口だったのでちょっと肌寒かったが、中学の体操服の半そでのTシャツを着てジャージのズボンをはいた姿は、見事に逆三角形の体型で、肩と腕のモリモリした感じが半端《はんぱ》なかった。

「誰、あれ」と聞いたら、息子が「生徒会長」と答えた。息子が通っているのはいまどきの英国の中学にしては白人英国人が多い学校なので、これを聞いて正直、驚いた。

「どうも僕に親しみを感じてるみたいで、入学したときから、廊下とかですれ違うたびに『ハーイ』って笑いかけてきたり、ハイタッチしてきたりするんだ」と息子は言った。

「7年生の頃、食堂に並んでたら僕の前に横入りしてきた人たちがいてムカついてたら、彼が飛んできて『おい、そこじゃないだろ、彼の後ろに並べ』って言ってくれた。なんか、何かにつけて僕のこと気にかけてくれてるみたい」

「ふうん、そういう子がいたんだね」

兄や姉が中学にいるわけでもないし、遠くのカトリック校に通っていた息子には、入学当初、知っている子は学校にほとんどいなかった。いろいろとトリッキーな目に遭うのではないかと心配していたが、本人は一貫して「学校、楽しい」と言っていたのがちょっと不思議だった。が、なるほど、こういう風に面倒を見てくれていた上級生がいたんだなとわたしはそのときはじめて知った。

「生徒会長に選ばれるなんて、よっぽど人気あるんだね」

「うん。成績もすごくいいみたい。スポーツもできるし、先生たちからも信頼されている。校長先生なんか、ランチタイムにしょっちゅう食堂で彼と座って何か相談してるよ」

「へえ、すごい子なんだね」

「将来は政治を勉強したいんだって。ジェレミー・コービンが好きみたいで、労働党に入りたいって言ってたよ」

「なんでそんなこと知ってるの？」

「一度、学校帰りに大雨が降りだしたとき、友達の家にしばらくいたって言ったときがあったでしょ？」

「うん」

「あれ、彼の両親がやってるチャイニーズ・テイクアウェイの店だったんだ。ずぶ濡《ぬ》れになって歩いてたら、『うちに寄ってけば』って連れて行ってくれて、おいしい春巻きを食べさせてくれた。あのときにそんなことを言ってたんだ」

「それって、どこのチャイニーズ・テイクアウェイ？」

「父ちゃんがよく鉢物の植物を買いに行く花屋の近く」

白人だらけの学校で中国人の生徒会長というだけでも珍しいのに、中華料理店の息子というのもなんというか、むかし風の言葉で言えば「ワーキングクラス・ヒーロー」とでも呼びたくなるような感じだ。

そういえば、元底辺中学校がたいそう荒れていた頃、近所の公園はけっこう危険な場所だったのだが、うっかり通りかかったりすると、茂みの中でビールを飲んだり、妙な匂《にお》いの巻きたばこを吸ったりしている中学生から「ニーハオ」「中国人はスプリングロール（春巻き）でも揚げてろ」とからかわれたものだった。だから、その春巻きを売っている店の子が、元底辺中学校の生徒会長に選ばれたというのは、個人的に胸がすくような思いがした。

が、すぐその後で考えたのである。

この胸がすくような思いというのはどこから来ているのだろう。

というか、これはどういう感情なのだろう。

「あそこのテイクアウェイの子どもは男ばっかり3人兄弟で、長男はどっか北部にいるって言ってたな。北部の大学に行って、そのままそっちでGPになったとか言ってたよ」

家に帰って話すと、配偶者はやけにくだんのチャイニーズ・テイクアウェイについて詳しかった。花屋が鉢物の安売りをやってないか覗《のぞ》きに行くたびに焼きそばを買ってくるので、どうやら店を仕切っているお母さんとよく雑談をしているらしい。彼は社交的な人間なので、いろんなところのいろんな人をよく知っている。

GPというのはジェネラル・プラクティショナー、つまりNHS（国民保健サービス）の診療所に勤める総合診療医のことだ。

「次男は大学生って言ってたから、その生徒会長は三男だと思うよ。前にティーンの子が店を手伝ってるの見たことある。背が高くて、筋肉ムキムキの子？」

「それそれ、その子」

「しかし、あの学校で中国人の生徒会長ってすごいよな。一番そんなことあり得ない感じの学校だったけど」

「うん、時代は変わってるって感じだよね」

とわたしが返すと、配偶者は言った。

「いろいろ反動《バックラッシュ》はあるんだろうけどな」

「え？」

「あり得ないことってのは、そんなに簡単に起きるわけじゃないから」

確かに、わたしが中学生たちに「春巻きババア」とか「中国に帰れ」とか言われていたのは5、6年前ぐらいまでの話だが、ああいうことが数年で根こそぎ姿を消すわけがない。中学生たちがたむろしていた公園では、彼らが紛れ込んでよからぬことばかりしていた茂みはきれいに刈り込まれ、定期的に警官が巡回したり、学校の教員や保護者で組織された見回り隊も見に行くようになった。だから、いまでは親子連れが遊ぶピースフルな公園になっている。けれども人の中にある意識や感情というものは、あの茂みのようにいっぺんに刈ってしまえるものではない。

「表出する」ということと「存在する」ということはまた別物なのだから。

もう一つの黄色いベスト騒動

英国でも連日テレビや新聞でフランスの「黄色いベスト」デモのことが報道されている。

彼らが着用している蛍光イエローのベストやジャケットは、英国ではHi-Vis(High Visibility の略）と呼ばれる。そこに誰かがいることが見えないと危険な目に遭う可能性のある仕事をする人たちが着る作業服だ。倉庫や工場、建設現場、駅や線路で仕事をする人、消防士、わたしの配偶者のようなダンプの運転手も着用することになっている。

一般に「ガテン系」の服としてのイメージがあり、英国の住宅は玄関を開けると下駄箱ではなく家族の上着をかける場所があるが、そこに蛍光イエローのベストやジャケットがかかっていると、「ああ、労働者の家に来た」という感じがする。かく言うわが家の玄関の脇《わき》にも、配偶者の黄色い上着と、わたしの黄色いベストも下がっている。保育士も、園児たちを公園に連れて行くときは着用するからだ。そして路上を歩かせるときには園児たちにも安全確保のために黄色いベストを着用させなければならない。

そういえば先日、ロンドンに行ったときも、地下鉄の駅で小学校低学年ぐらいの子どもたちが黄色いベストを着て並んでいた。

「え。あんな小さな子まで黄色いベストを着ている」

「デモはパリじゃなかったっけ」

唐突に日本語が耳に飛び込んできたので振り返ったら、日本人観光客らしい女性の2人組が背後を歩いていた。が、あれは別にデモとは関係ない。小学生たちの一行が教員に引率されて外出していたのである。

英国ではバイクや馬に乗った警察官も黄色いジャケットを着ているし、日が短くなる冬季には黄色いベストを羽織って自転車に乗っている人も増える。というわけで、英仏海峡のこちら側では黄色いベストはいまのところデモや暴動とは何の関係もないが、ひょんなことから黄色いベストがポリティカルな問題に発展してしまったのが、最近、息子の周囲で起きた出来事だった。

それは12月になり、学校がクリスマス休暇へのカウントダウンに入った頃だった。息子は、毎年恒例の音楽部のクリスマス・コンサートに出演するため、毎日、放課後に音楽室でギターの練習に励んでいた。そんなある日、練習を終えて音楽部の友人と一緒に歩いて帰宅していると、黄色いベストを着て自転車に乗った人が息子たちのほうに近づいてきた。

暗かったので最初よく見えなかったが、それは背中に配達用の四角いクーラーボックスを背負った生徒会長の少年だった。彼は時々、実家のチャイニーズ・テイクアウェイの配達を手伝っているらしい。生徒会長は息子たちの脇で自転車を停めて言った。

「こんな遅い時間に帰宅？」

「クリスマス・コンサートのリハーサルで遅くなりました」

と息子が答えると彼は言った。

「暗くなってきたから、明るい大通りを歩いて帰ったほうがいい」

英国では12月に入ると午後4時には日が沈み始め、4時半になる頃にはもう真っ暗なので、下級生たちのことを心配したのだろう。

「コンサートで何をするの？」

「僕はギターを弾きます」

「君は？」

「僕はドラムです」

と3人で話していると、やはり帰宅途中の音楽部の上級生2人が息子たちの背後から近づいて来た。

生徒会長と同じく最上級生の男子生徒たちは、「ハーイ」と彼に挨拶《あいさつ》し、そのうちのひとりが、

「そのベスト、似合ってるよ」

とすれ違いざまに言った。そして息子たちを追い越して1、2メートルほど歩きすぎてから、もうひとりの上級生が、

「よくお似合い。なんていうかこう、ヴェリー・イエロー」

と大きな声で言い、2人でゲラゲラとおかしそうに笑った。黄色人種が黄色いベストを着ていることをジョークにしておちょくっていたのだ。

すると生徒会長の少年は、ガタンと自転車を倒し、

「いま、何て言った?」

と叫んで2人を追いかけて行った。そして、「ヴェリー・イエロー」と言った少年に回し蹴《げ》りを入れた、と思った瞬間、脚が彼に触れる直前でピタリと動作を止めた。が、ビビッてそれをよけようとした少年はよろけて足をくじき、その場に倒れ込んでしまった。彼は足首を抑えて、痛い、痛い、と訴える。みんなで助け起こしたが、足

を引きずっているので、結局、生徒会長が自転車の後ろに乗せてその少年を家まで送って行ったのだった。

が、問題は、そこからだった。

足をくじいた少年の親が激怒して学校に抗議したのである。全校生徒のヘッドたる生徒会長が暴力をふるうとは何事かとすさまじい剣幕だったそうで、校長自らが生徒会長とその場にいた目撃者たちを呼んで事情を聴いた。

最終的には人種差別発言があったということがわかったので喧嘩《けんか》両成敗的な判断がくだされたそうで、校長の目の前で生徒会長と「ヴェリー・イエロー」と言った生徒が互いに謝罪させられたということだった。

「生徒会長は子どもの頃から空手をやってるから、たとえフリでも回し蹴りはめっちゃ迫力があったよ。あの上級生、マジでビビッた自分の姿を見られたから、悔しかったんだろうね」

と息子が言うと、配偶者が言った。

「けどおめえ、ほんとに暴力ふるう気でやったわけじゃないのに、なんでバカにされたほうが謝らなきゃいけないんだよ。チャイニーズ・テイクアウェイの子は、相手にお灸《きゅう》を据えようとしただけだろ」

「でも、いまどきそういうのは通用しないの。暴力の脅しは暴力の脅しだから。しかも、それで相手の子は足を捻挫《ねんざ》しちゃったわけだし」

わたしはそう言ったが、配偶者は不服そうだ。

「そもそも、そんな小競《こぜ》り合《あ》いたいしたことじゃないっていうか、親が大騒ぎするようなことじゃねえだろ。むしろバカなことを言った自分ちのガキを叱《しか》って、それで終わりなんじゃないの、ふつう。俺はなんか釈然としない」

「あんたが釈然とするかどうかは関係ないでしょ」

とわたしたちが言い合いをしていると、息子はしばらくその様子をぼんやり見ていた。何かを言いたそうな顔をしている気もしたが、黙って椅子《いす》から立ち上がり、自分の部屋に上がっていった。

引かない知恵熱はない

そのあと数日間、息子は学校から帰ると部屋に閉じこもりがちになった。

いつになく沈んでいる雰囲気だったので、気にはかかるものの、わたしも仕事が忙しかったこともあり、息子も中学生なんだからいろいろあるんだろうと放っておいた。

が、ある日、学校から帰るなり自室で頭からブランケットをかけてベッドに寝ている。ひょっとして具合でも悪いのかと思い、わたしは声をかけた。

「どうしたの？　体の調子でも悪いの？」

「うん。ちょっと頭が痛い」

「頭痛薬、持ってこようか？」

と言うと、息子がブランケットをずり降ろして顔を出し、起き上がった。

「いや、大丈夫」

赤い顔をしているので、額に手をあててみるとけっこう熱い。

居間から体温計を取ってきてベッドに座っている息子に渡すと、彼はそれを腋《わき》にはさみ、それからぽんぽんとベッドの上を手で叩《たた》いた。ここに座れ、という合図である。うんと小さい頃、絵本を読んで欲しいときや何かによくこの仕草をしたものだったが、さいきんはとんと見たことがない。具合が悪くて弱気になってるのかなと思い、わたしは息子が叩いた場所に腰掛けた。

「ちょっと話をする時間ある？」

「もちろん」

とわたしが答えると、息子が話を切り出した。

「こないだ、生徒会長のことで校長室に呼ばれたって言ったの、覚えてる？」

「うん。そういえば、あれからどうなったの？」

「いや別にどうもなってないんだけど……」

「捻挫した子、元気？」

「ピンピンして歩いてる」

「そう。よかったね」

息子はじっとわたしの顔を見て言った。

「母ちゃんは、自分のこと東洋人《オリエンタル》だと思ってるよね」

「うん。だって東洋人《オリエンタル》だもん。最近はこの言葉も差別用語らしいから、使っちゃいけないみたいだけど」

「じゃあやっぱり、ほかの東洋人《オリエンタル》の人たちを見たら、仲間みたいに思うっていうか、同胞みたいな気持ちになる？」

「そんな大げさなものじゃないにしても、そうだね、親しみっぽい気持ちは抱くかも。韓国の人とか中国の人とか。向こうもたぶんそうじゃないかな。初対面でもよく話しかけられるしね。まあみんな最初は同国人かと思うんだろうけど」

「ふうん。……そういうものなのか」

息子の腋の下で体温計がピーッ、ピーッ、と鳴った。息子がそれを取り出してわたしに渡す。37度5分だった。

「熱が上がっているところかもね。薬、飲んどく?」

と聞いたが、そんなことはどうでもいいという感じで息子が言った。

「こないだ学校帰りに起きたこと、僕、……実はちょっと責任を感じてたんだ」

「なんで?」

「僕があそこにいなかったら、きっと生徒会長はあんなことしなかったんじゃないかなって」

「え?」

「ふだん冷静な人だし、いきなりあんなことする感じの人じゃない。いつも学校で『何か困ったことや嫌なことがあったら、僕に言ってきな』って言ってくれてたんだけど、それって要するに、まさにああいうときのことだったんでしょ?」

息子はブランケットの下で膝《ひざ》を抱えていた。

「『ヴェリー・イエロー』って言葉を聞いたとき、僕は正直、当事者意識はなかったんだ。ああ、生徒会長のことをバカにしているなって思った。でも、後でよく考えたら、僕もその場にいたから、彼は僕もいっしょに差別されたと思って、それで上級生を追いかけて行ったんじゃないかなって」

「ああ」

「それか、僕に見せるため。同じ人種の僕に、差別されたら闘うんだよってことを見せるため」

「うん」

「でも、そういう気持ち、僕は正直言ってわからない。生徒会長がいつも僕のことを気にしてくれているのは嬉《うれ》しいけど、たぶん僕はそこまで自分を東洋人《オリエンタル》とは思ってないっていうか、ピンと来ない」

なるほど、彼は帰属意識の問題、つまり自分のアイデンティティの問題にぶち当たって思春期版の知恵熱を出しているのかもしれない。

「仲間意識を持たれ過ぎてヘヴィになったんだね」

「ヘヴィっていうか……、うん、でも、なんかそういう感情ってすごく強いんだなって思って。ついていけないというか、僕はそういう気持ちが持てない」

「うん」

「僕はこれまで、両親が別々の人種で、違う文化を持ってて良かったと思ってた。そのおかげで日本とか、ほかの子たちはぜったい行かないような国に毎年行けるわけだし、外国にファミリーがいるなんて、ちょっと格好いい。けど、僕は日本人ではないでしょ」

「……」

「例えば、夏に日本に行ったときでも、じいちゃんの家の近くのお店で、酔った人にからまれたけど、あの人、僕のことが嫌いだったんでしょ？　日本人じゃないから帰れって言ってたんでしょ？」

「いや、そこまでダイレクトではなかったけど。……そうか、だいたい何が起きてるかわかってたんだね」

「そりゃわかるよ、あの人、ずっと僕のほうばかり見て、怒った顔で喋《しゃべ》ってたから」

息子はそう言って顎《あご》のあたりまでブランケットを引き上げた。

「日本に行けば『ガイジン』って言われるし、こっちでは『チンク』とか言われるから、僕はどっちにも属さない。だから、僕のほうでもどこかに属している気持ちになれない」

「それでいいんじゃない？　どこにも属さないほうが人は自由でいられる」

「だけど、本当にそうなのかな。どこかに属している人は、属してない人のことをいじめたりする。それは悪い部分だよね。でもその反面、属している仲間のことを特別に守ったりするでしょ。生徒会長が僕に優しくしてくれるみたいに。でも、僕はどこかに属している気持ちになれないから、それがどちらもないんだ。悪い部分も、いい部分も、ない」

息子がいま言っているのは、中国人の少年が息子の学校の生徒会長になったと聞いて、わたしが感じた「胸のすくような思い」のことなんだと思った。

わたしはこの界隈《かいわい》で暮らしている東洋人に対する帰属意識を持っているのだ。しかも、同じように差別された経験をもっていればもっているだけ、無意識のうちにもこの「仲間感」は強くなる。人種差別というものは、他人に嫌な思いをさせたり、悲しい思いをさせるものだが、それだけではない。「チンキー」とか「ニーハオ」とかレッテルを貼《は》ることで、貼られた人たちを特定のグループに所属している気分にさせ、怒りや「仲間感」で帰属意識を強め、社会を分裂させることにも繋《つな》がるものなのだ。

アイデンティティの袋小路《ふくろこうじ》。時々やけにディープなことを言う近所のパブの店主が前にそんな言葉を使っていたのを思い出した。店主は、トランプ大統領が誕生したときにこう言っていたのだった。

「ヒラリー・クリントンは、黒人のところに行って『あなたたちのための政治を行います』と言った。ヒスパニックのところに行って『あなたたちのためにやります』と言った。女性のところに行って、同性愛者のところに行って『あなたたちのために』と言った。で、トランプは何と言った？　『俺はアメリカのための政治をやる』と言ったんだよ。どっちが包摂的《インクルーシヴ》に聞こえるだろうな？　これほど皮肉な話はない」

ベッドにごろんと横になった息子にわたしは言った。

「……それ、めっちゃ難しい問題だよね。でも、違う人種の両親から生まれた子は、みんな同じようなことを考えてるんじゃないかな。きっと一度はアイデンティティで悩んだことがあると思う」

わたしが言うと、息子は赤い顔で頷《うなず》いた。

「そうかな。うん。たぶんそうだね」

その晩、息子の熱は少し上昇したが、朝にはすっかり下がっていた。

「きつかったら休んでもいいよ」と言ったが、「大丈夫」といつものようにリュックを背負って玄関を出て行った。

やっぱり知恵熱だったのだろうか。でも、息子だけの現象ではないのかもしれない。いま大人たちも、社会も、アイデンティティ熱という知恵熱を出している最中なのかもしれない。

坂の上から降りてきたティムと合流し、楽しそうに喋りながら歩いて行く息子の姿が窓から見えた。

明けない夜がないように、引かない知恵熱だってない、と信じたい。

15 存在の耐えられない格差

ある朝、息子を起こして学校に行く支度をさせていると、夜間シフトでダンプを運転してきた配偶者が仕事から帰って来るなり、わたしに言った。

「おい、気になることを聞いちまったぞ。お前は絶対ショックを受けると思うけど……」

などともったいぶっているので、

「何なのよ」

と聞き返すと、近所に住む14歳の少女が行方不明になっているという。

「どうして……？」

思わずそう言うと、彼は答えた。

「知らないよ。誰も知らないから、新聞に出たりしてるんだろ」

わたしは急いでタブレットで地方紙のサイトを見た。見覚えのある、でもずいぶん大人っぽくなったその子の顔写真が出ていた。2日前から行方不明と書かれていて、最後に知人が見かけたときの彼女の服装や髪型が詳細に記述されている。

彼女とその従弟《いとこ》の少年は、息子と同じカトリックの小学校に通った。

この辺りからカトリック校に通っていたのは、彼らとうちの息子だけだったから、バス停で顔を合わせるようになり、そのうち、わたしが3人まとめて小学校に連れて行くようになったのだった。

彼らの母親は姉妹同士で、老いた母の家に住んでいた。2人ともシングルマザーで、近所の24時間営業のスーパーで働いていた。姉妹が交代で子どもたちをバスで学校に送っていたようだったが、わたしはどうせ息子を学校に連れて行ったらその足で保育園に出勤するので、ひとり送って行くのも3人送って行くのも同じことだし、いいですよ、わたしが毎朝まとめて連れて行きます、みたいな話になったのだ。

その子と従弟の少年は同じ学年で、姉弟どうぜんに育ったのだったが、まるで性格が違っていた。少年はどちらかというとうちの息子みたいな分別もそこそこある「いい子」タイプだったが、少女のほうはずっとませていて、激情家でやさしいところもある反面、わざと危険なことをしたり、大人を試すようなことを言って気を引こうとするときがあった。おっとりした気のいい少年と、ちょっと危うい雰囲気の早熟な少女。その2人が4歳で入学したうちの息子の手を左右から引いて校門をくぐって行く姿は、後ろから見ていて微笑《ほほえ》ましく、また頼もしい気持ちになったものだった。

2人がうちの息子より2年先に小学校を卒業するまで、わたしたちは毎朝バスで一緒に学校に行った。卒業後、2人はカトリックの小学校の生徒たちの9割がそうであるように、カトリックの中学校に進学した。スーパーでレジを打っている彼らの母親たちとよく立ち話をしたが、少年のほうは友達もたくさんできて中学生活を謳歌《おうか》しているようだった。が、少女のほうは中学に入学してまもなく、何か問題を起こしたりしたようで、つき合っている友人が良くないと母親がこぼしていたのを覚えている。

少女の顔写真を見ながら茫然《ぼうぜん》としていると、息子が「どうしたの？」と聞いて来た。わけを話すと、息子はすぐに携帯を手に取って何ごとかを打ち込んでいる。

「インスタグラムに彼女の写真をあげといた」

「は？」

「行方不明の人が出たら、みんなそうしている。インスタグラムで情報を呼びかけるんだよ」

「よくあるの？　こんなこと？」

「たまに。だいたい女子。年上の男の人の家に泊まってたとか、そういうことが多いけど」

まだ小学生みたいな顔をした息子が言うと違和感ある言葉だが、新聞に載った少女の大人びた顔写真を見れば、まあそういうこともあるかもなと思う。

「カトリックの中学校に行ってる子の間では、もう相当インスタグラムで広まってるはずだから、うちの学校でも広めといたほうがいい」

息子はそう言ってリュックを背負い、玄関から出て行った。

「犯罪に巻き込まれていなければいいがな」と連合いが言う。

「年上のボーイフレンドと遊んでるとかならいいけどね……」

「いやおめえ、だから、それが犯罪じゃねえか」

と配偶者に言われて、自分の発言の不適切さに気づいた。

が、そんなことを言ったって、日本の田舎のヤンキーの多い地域で育ったわたしには、14歳で妊娠して15歳で母になった友人もいたのであり、帰省した折に彼女に会ったりすると、すでに曾孫《ひまご》が生まれていたりしている（娘は17歳、孫は20歳で母になったそうだ。「ヤンキー界でも、出産年齢がすっかり高齢化している」と言っていた）。

彼女なんかは15歳のときに産んだ娘の父親と40年近くも一緒に暮らしていて、いまや近所の商店の名物おかみになり、町内会初の女性会長となって女性のエンパワメントにも貢献しているのだから、人生なんてものは生きてみなけりゃわからない。

クラスルームの前後格差

「なんか、行方不明になったの今回が初めてじゃないみたいだね。いままでも時々、いなくなってたみたい」

学校から帰ってきた息子が言った。

インスタグラムに情報が集まってきたそうだが、「すぐまた帰って来るよ」とか「またロンドンにでも行ってるんじゃないの」とかいうコメントばかりで、みんな真面目《まじめ》に心配していない感じらしかった。

わたしも仕事の合間にふと思い出したりして、その後の進展はないかとカトリックの中学校のウェブサイトを見に行ったりしてみた。が、まるで私立校のサイトかと見まがうような上品なデザインの「名門校」感あふれるそのサイトは、美しい樹木の下を笑いながら散歩している優等生風の生徒たちの写真や、今年度の全国一斉学力試験の輝かしい結果や、どんな団体から優秀校として表彰されているかというようなことを伝えるばかりで、行方不明になっている生徒のことなど一言も触れていなかった。同校のツイッターのアカウントもチェックしてみたが、やはりそれらしい言及はまったくない。

そういう記事の居場所がないというか、そんなタブロイドに載っているような話が世の中に存在することさえ知らないような格調高さがカトリック校のサイトやツイッターにはあった。

実は、2年前、カトリック校を見学に行ったときにもわたしはこれと似たようなことを感じたのだった。授業の見学が許されている教室はあらかじめ指定されていたので、他の教室は見てはいけないと思いながらも、ちらっと覗《のぞ》き込みたくなるのが人情である。ふと教室後部のドアに埋め込まれたガラス部分から中を覗くと、最後部に座っている生徒たちが机の上で堂々と雑誌を読んだり、携帯をいじったりしているのが見えた。

「自習中かな？」と思って、前方の扉のガラスからも覗いて見ると、ちゃんと教師はいた。いるどころか、ホワイトボードに長い数式を書き込んで熱心に説明中で、前方の生徒たちは、最後部の生徒たちとは正反対の真剣さで、先生の話に聞き入り、ノートを取っている。

前方と後方では、まるで違う教室のようだった。こういうのを、教室内の前後格差、とでも言うのだろうか。

そしてそういう教室は一つだけではなかったのである。

公立校でありながらオックスブリッジに進むような優秀なティーンたちを何人も輩出している反面、取り残されている子たちは育児放棄ならぬ教育放棄をされているように見えた。きっとあのマンモス校で結果を出し続けるためには、教員たちは、教室の最後方の生徒たちにかかずらっている暇はないのだ。

その数日後、こぢんまりした元底辺中学校を見学したとき、各教室の外にテーブルと椅子《いす》が置かれていて、教員と生徒2、3人が座って勉強しているのを見た。

「なんで廊下で勉強しているんですか?」と聞いたら、授業に集中していない生徒には廊下に出てもらって別の教員と一緒に少人数で勉強してもらうシステムになっていると言っていた。「取り残されている子たちを作らないことが、目下、我が校の最大のテーマなんです」と。

2校はまったく対照的な学校に見えた。

そしてわたしの息子は元底辺中学校に通うことに決めたのである。

が、この決断に最もアンハッピーだったのが、行方不明になった少女とその従弟の母親たちだった。

「どうして7年もバスでカトリック校に子どもを送る苦労をしながら、いまさら地元の荒れている中学校に進学させるの?」と彼女たちは言った。

他のママ友たちもきっとみんなそう思っていたのだろう。が、彼女たちは「ああ、あそこの学校も素敵よね」とか「近くの学校が一番いいわよね」とか当たり障《さわ》りのないことを言って、にこやかに「他人事《ひとごと》」感を露《あら》わにしていた。だから、あのママ姉妹が正面からわたしの決断に意見してきたのは、逆にちょっと清々《すがすが》しいものがあった。

姉妹はこの公営住宅地で生まれ育った。そして、彼女たちが「荒れている」と斬《き》り捨てる小学校、中学校に通った生粋《きっすい》の地元民だ。卒業後、姉妹は彼女たちの母親と同じようにシングルマザーになって、子どもの頃と変わらずに母親の家に暮らしている。偶然、同じ年に赤ん坊を産んだ2人は、お金がないならないなりに、受けられる範囲内で最高の教育を自分たちの子どもには受けさせようと決めた。自分たちのように公営住宅地で生まれ、大人になっても公営住宅地で暮らす子どもたちではなく、いい学校に通わせていい教育を受けさせ、階級を上昇できる子どもたちを育てるのが親の役目だと信じているからだ。

だから姉妹は教区のカトリック教会に足しげく通い、洗礼を受け、クリスマスやイースターにはきちんと神父にウィスキーのボトルのつけ届けをするなど細心の注意を払って、無事に子どもたちをカトリック校に入学させた。

配偶者の家族が熱心なカトリックなのでなんとなく息子をカトリック校に入学させたわたしのような母親とは違い、彼女たちは子どもが生まれたときから周到に準備をし、長年の努力の果てに子どもたちをあの小学校に通わせていたのだった。

だから行方不明の少女の母親は、怒りを込めた口調でわたしに言った。

「どうしてあんなクソみたいな学校に行かせるの？」

「いや、でも、いまはそんなにひどくはないみたい」

「でも、市の公立校ランキング1位はずっとカトリックの中学なんだよ。カトリック校に子どもを入れたくとも入れられない親がたくさんいるっていうのに、どうしてそんなバカなことするの」

「……でもなんか、見学したとき、カトリックの中学は勢いがなかったんだよね」

「そりゃ荒れてる学校のほうが騒々しいのは当たり前でしょ」

「いや、そういうことじゃなくて……」

学校は社会を映す鏡なので、常に生徒たちの間に格差は存在するものだ。でも、それが拡大するままに放置されている場所にはなんというかこう、勢いがない。陰気に硬直して、新しいものや楽しいことが生まれそうな感じがしない。

それはすでに衰退がはじまっているということなんだと思う。

少なくとも、11歳の子どもがあんなシニカルなところに通う必要はない気がわたしにはしたのだ。

ラナウェイ・キッドの到着先

シニカルといえば、行方不明になった子に対するうちの息子のスタンスも驚くほど醒《さ》めていた。5年間も毎日一緒に学校に通った仲なのだから、もうちょっと真剣に気に病むかと思っていたら、そうでもないのである。

「行方不明《ミッシング》と家出《ラナウェイ》は違うもん。彼女の場合は後者だってみんな言ってるよ」

たぶん、ソーシャルメディアで「あの子ならしょうがない」みたいなコメントが集まっているのだろう。以前にも家出したことがあるからこそ、学校もまともに扱っていないのかもしれない。

ストリート・チルドレン保護支援団体のレイルウェイ・チルドレンによれば、英国では一年間で10万人以上の16歳以下の子どもたちが行方不明になっており、5分間にひとりの子どもが自宅からいなくなっている計算になるという。そのため、英国の教育水準局（Ofsted）は、行方不明児童を出さないための厳しいガイドラインを設けて各学校に通達し、予防策を講じるように呼びかけている。Ofstedというのは、英国の公立校の監査を定期的に行って学校の格付けをしている機関でもある。

「行方不明の生徒がいるなんてネットに出したら、学校の格付けが下がるからカトリック校はサイトやツイッターで呼びかけたりしないのよ」

元底辺中学校で一緒に制服のリサイクリングをやっている母親は言っていた。

行方不明になった子は、地元の公営住宅地で生まれ育った子なので、制服リサイクリングに参加している母親たちの定期ミーティングでも話題にのぼったのだ。

「あの子と同じ保育園にうちの子も通ったから」とか、「うちの息子があの子の従弟と同じサッカークラブに入っている」とかいう人もいて、ローカルな人のネットワークはやっぱり子どもの存在を通して繋《つな》がるものなんだなとしみじみ感じた。

「5年間あの子と毎日バスで一緒に学校に行ってたんです。だから、すごく気になっちゃって。もう2年ぐらい、彼女と会ったことはなかったんですが」

わたしがそう言うと、母親のひとりが言った。

「あの子、急にげっそり痩《や》せちゃったんだよね。ふっくらしたお母さんとは反対で、もともとスリムな子だったけど、病的なぐらい痩せてたから、どうしたのって聞いたら、お母さんが『急に見た目を気にするようになってダイエットばかりしてる』って零《こぼ》してた」

「何か急に派手な、高価そうなブランドものの服を着て歩いているのを見かけるようになったから、どうしたんだろうと思ってた。悪いことに巻き込まれていなければいいけれど……」

別の母親も言った。

「悪いこと」というのは、英国の公営住宅地事情をふまえて翻訳すれば、「ドラッグ・ビジネス」のことである。

ついこの間のクリスマス前も、坂の上の高層公営団地でティーン2人が刺されて重傷を負った。ロンドンで十代のナイフ犯罪が急増していることが大きな社会問題になっているが、それは首都限定の現象ではない。もう何年も前から、地方の街にも拡大している。海岸沿いに流行《はや》りのヒップなクラブが立ち並び、週末になるとロンドンから多くの若者が遊びに来るブライトンは、ドラッグ需要の大きい街だ。ドラッグ・ビジネスがらみのティーン・ギャングの抗争が日常的に起こるようになっている。

ギャングたちがドラッグの運び屋に使おうとするのが、公営住宅地の貧しいローティーンの子どもたちだ。「これを持って行ってこの人に渡してくれたらブランドのスニーカー買ってあげるから」とか「運んでくれるだけで50ポンドあげるから」とか言われてやっているうちに、子どもたちもいつしかギャングの一員になってドラッグ商売にはまり込む。女の子たちはドラッグを運んでいるうちに性的暴行を受けたり、売春組織に売られるケースもある。

あの子がいなくなったと聞いてからずっと、わたしの頭の中で鳴り響いていた「最悪のケース」のサイレンはそれだった。「運び屋だけは絶対やるな、ナイキのエア・マックスと自分の命とどっちが大事か考えろって兄ちゃんに言われている」と息子の友人のティムもうちに来たときに言っていたし、ティーン・ギャング・カルチャーの波は、わが公営住宅地にも及んでいるのだ。

海岸通りの洒落《しゃれ》たクラブでドラッグを消費しているミドルクラスの若者たちは、公営住宅地の子どもたちがどんな危険と背中合わせでそれを調達しているのか知らない。それは2年前にわたしが見たカトリック校の授業の光景にも似ている。前方の人々は後方で何が起きているのか知らないし、見ようともしない。

政治が富を再分配しなくなったから、ドラッグの売買を通じて、ミドルクラスの若者から下層の若者へと富の移転が行われているなどと気の利《き》いたことを言ったつもりの知識人もいる。だが、この地べたの再分配は血で汚れている。このグラスルーツの再分配では、血を流すのはいつも貧しい若者であり、子どもたちなのだ。

あの子の従弟の母親が働いているのをスーパーで見かけた。いなくなった子のことがどれだけ噂《うわさ》になっても、家族は姿を消すわけにはいかない。生活は続き、支払いも続く。どんなことが起きても労働者は仕事をしなければ生きていけないのだ。

彼女のレジに並ぼうかと思ったけど、何と言葉をかけたらいいのか考えてしまい、あの子のことを聞くべきか、聞かざるべきか、とくよくよ悩んでいるうちに彼女の前に長い列ができてしまったので、わたしは隣のレジに並んだ。

が、レジを打っている彼女のほうではとっくにわたしがそこにいることに気づいていた。

「ハーイ」と振り向いて挨拶《あいさつ》してきたので、「ハーイ」と応《こた》え、やっぱりどう言葉を続けていいのかわからないので、軽く右手で拳《こぶし》を握りそれで自分の胸をぽんぽんと叩《たた》いてみせた。知っている、心配している、ということだけを伝えたかったのだ。こんな近所の人間が一斉に集うところで働いていたら、いろんな人から何度も何度も同じことを聞かれたに違いない。そのまったく同じことをもう一度彼女にさせるのは気が引けた。

「サンクス」と声には出さず、そう言っている口の形だけを彼女はつくってみせた。ひどく疲れているようだった。姉妹で互いの子どもをまるで双子のように育ててきたのである。それがひとりいなくなったと考えるだけでこちらの胸が抉《えぐ》られるようだ。目の下にクマができた顔で、彼女は食品のバーコードを機械ですするすると読み取りながら淡々とレジ作業を続けていた。わたしは彼女に無言で手を振って、スーパーの外に出た。あの子がいなくなって1週間が過ぎようとしていた。

翌日、地方紙のサイトの記事が更新されていた。ロンドンのキングスクロス駅の近くで彼女を見かけた人がいるという。いなくなったときと違う服装をしていたようだが、最後に目撃されたときと同じジャスパー・コンランのピンク色のバッグを持っていたそうだ。

地方紙のサイトを見て驚いたのは、ブライトンからもこんなにローティーンが消えていたということだ。レイルウェイ・チルドレンの報告で英国全土から消えている子どもの数は知っていたが、自分の街も例外ではないということをすっかり忘れていたのだ。これ以上知っている顔を見つけたら再起不能になりそうなのでわたしは見るのをやめた。

数日後、学校から帰ってきた息子が言った。

「今朝、学校に行く途中にバス停のそばを歩いていたら、彼女のお母さんがいたよ」

話を聞けば、いなくなった少女の母親が、バス停にひとりで座っていたという。

「寒いのにパジャマ姿で、上着も何も着てなくて、ウォッカのボトルを握ってた。ティムが『朝っぱらからアル中ババアかよ』って大きな声で言うんで『シッ！』ってたしなめたんだけど、ちょっと彼女……、泣いてるのかなって感じだった」

地方紙のサイトのあの子の記事に読者コメントがついていた。

「何度も失踪《しっそう》してるよ、この子。先週も『行方不明』になって発見され、またいま『行方不明』。去年もやってる」と書かれていた。本当に彼女を知っているのか、それともあの子の写真を見て適当なことを書いているのか、それはわからない。その下にもう一つコメントがついていた。

「何回いなくなっていようとそんなことは関係ない。彼らはリスクに晒《さら》されている。彼らのほとんどは生活の中に大きな問題を抱えた子どもたちだ。飲んでドラッグをやって悪いことに巻き込まれ、性的に搾《さく》取《しゅ》される。だからこういう子どもたちに文句を言うのをやめて情報を広めよう。この子たちには心配している家族がいるのだから」

両方のコメントに、「いいね！」が二つずつついていた。

いいねって、いったい何がそんなにいいんだろうなと思った。

2週間が過ぎた頃、あの子が無事に保護されたと地方紙のサイトが伝えた。

だが、彼女はわたしたちの公営住宅地には戻ってこなかった。

福祉課が彼女を家族から引き離し、里親に預けたのだった。もちろんそんなことは新聞には書かれていない。

あの子の顔写真が削除された地方紙のサイトには、また新しいローティーンの写真が掲載されていた。

ブレグジットがどうとか、EUがどうとかいう、大きく華々しいニュースの見出しの遥《はる》か下のほうで、一つ、また一つと子どもたちの小さな写真の数は増え続けている。

16 ぼくはイエローでホワイトで、ちょっとグリーン

2月のハーフタームに入る前日、英国各地で地球温暖化対策を訴える学生デモが行われた。全国60か所で行われ、1万5000人が参加したとBBCは伝えている。その半年前に記録的な熱波や山火事で多くの被害を出したスウェーデンで、15歳の少女が2週間学校を休み（「スクール・ストライキ」と彼女は呼んだ）、国会議事堂前に座り込みを続けたことが発端となって世界中に広がった学生運動が、英国にも飛び火したのだ。

わが町ブライトンは、英国で初めて緑の党の国会議員を選出した場所でもあり、環境問題に熱心な人々が多い。よってこの学生デモもとりわけ大規模なものになったが、ここで一つの問題が露呈した。

それは地球温暖化対策を求める学生運動の世界的な広がりといったマクロな問題で

はない。元底辺中学校の生徒たちが経験した不条理というたいへんミクロな問題なのだが、ミクロとマクロは焼き鳥の肉と串《くし》のようにつながっていなければならない（無数の肉がミクロで、それらを突き刺す長大な串がマクロというのがわたしの持説だ）。

というわけで、わたしの周囲に落ちている焼き鳥の肉の一つを拾ってみたい。

「うちの学校は、明日、デモに行くのを許さないって言うんだよ」

学生デモの前日、息子は学校から帰宅するなりそう言った。話を聞いてみれば、例えばD校やV校といった中学校は、休みに入る前日の金曜日でもあるので、午前11時で生徒たちを解放し、デモに参加できるようにしている。しかし、元底辺中学校は通常通り午後3時まで授業を行うというのだ。

「ほかにどこの学校がデモ参加を許しているの？」

「私立校はだいたい許しているし、公立ではH校も」

これを聞いてすぐに気づいたのは、これらの中学はすべてスクールランキング上位の、いわゆる「優秀」な学校ばかりということだった。

「私立校とか、公立でも優秀なミドルクラス校は、教員も意識高い系の緑の党支持者が多いから、教員たちが引率してデモに連れてったりするんじゃないの？　ポリティカルな『グルーミング』だよ」

と配偶者はシニカルなジョークを飛ばしていた。

「グルーミング」という言葉は、小児性愛者《ペドファイル》がインターネットのチャットなどを通じて子どもたちと仲良くなり、性的行為を行うために手なずけていくことを意味する。緑の党支持者の教員たちが生徒たちをデモに連れて行くことで、自分たちの党の政治理念に染めようとしているのではないかと配偶者は皮肉を言ったのだ。

「それより、そもそもこの運動を始めた子は『スクール・ストライキ』を提唱したわけだから、お行儀よく先生たちに連れて行かれちゃったら、それはそれでどうなのかという気もするけどね」

とわたしが言うと、息子は答えた。

「うちの学校にも、環境問題に熱心な先生たちはたくさんいるよ。でも、校長先生や学年主任とかが会議をやって、いつも通りに授業をやることに決めたんだって」

その理由はわたしにはわかるような気がした。

「結局、先生たちは僕らのこと信用してないんだと思う。午前中で学校から解放したりすると、うちの学校の生徒の多くはデモに行かないで街に行って遊んだり、勝手なことをするだろうから、問題になると困ると思って通常通りにしたんだよ」

悟り切ったような顔で息子は言った。

底辺中学校と言われた学校を、少しでもスクールランキングの上位に上げたい、という熱意をもって学校を運営している校長が下した決断は、まあそうなるだろう。こんなことで学校の悪評が広がったりすれば、彼の計画の後退を意味するからだ。

さらに、環境問題に熱心な緑の党の党員である教員は息子の学校にも多くいることをわたしは知っているし、むしろ貧しい層の人々が住んでいる地域の学校のほうが政治理念的に左寄りの教育者たちが多く集まることも知っている。だが、彼らにしてみても、学校を早めに終了し、中学生たちが街に繰り出して喧嘩《けんか》や窃盗といった問題でも起こすような事態になれば、地球温暖化対策を訴える真面目《まじめ》な学生デモにまでミソがつくのでそれは困るという本音もあるだろう。

こうしてメディアで報道される「学生たちによる大々的な地球温暖化対策を訴えるデモ」に参加できない子どもたちが出てくる。いや、そもそも「スクール・ストライキ」を訴えた運動なのだから、デモに参加したい中学生は自発的に学校をサボればいい、という見方もあるだろう。しかし、貧乏な家庭の子はそれもできない特別な事情が英国にはある。

デモ当日の朝、「デモに参加したかったらしていいよ」と息子には言ったのだが、彼はいつものように学校に行き、すべての授業に出席して家に帰ってきた。

「なんでデモに行かなかったの？」

と聞いたら、彼は答えた。

「だって、カウンシル（地方自治体）から父ちゃんと母ちゃんが罰金食らっちゃうでしょ」

英国では、お上に認められていない理由で子どもが学校を欠席したりすると、親が地方自治体に罰金を払わなければならないのだ。これは、両親に科される罰金で、父母それぞれに60ポンドずつ請求される。21日以内にこれを払わないとひとりあたり120ポンドに上がり、それより長く支払いを放置すると、最高2500ポンドまで罰金がはね上がって、最長で3か月の禁固刑に処されることもある。

これは、春休みとか夏休みとかいったいわゆるピークシーズンに休暇《ホリデイ》を取ると旅行運賃やホテル料金が高額になるので、学期中に子どもを休ませることを親に思いとどまらせるために作られた罰則だ。ブライトン&ホーヴ市でも、「School Absence Fine（学校欠席罰金）」というこの罰則は、地方自治体の公式サイトに以下のように明記されている。

罰金の理由――以下のような理由で子どもが学校を休むと罰金が科されます。

・学期中に子どもを休暇旅行に連れて行く
・子どもの意志で学校に行かない。これは「ずる休み」と呼ばれます
・6週間のうちに6回（午前のセッション、および午後のセッションで合わせて6回）以上、出欠を取った後で子どもが学校に来る
・あなたの子どもが1学期に3日以上欠席する（午前のセッション、午後のセッションで合わせて6回欠席する）

この欠席罰金の話について欧州大陸の友人に話したら「うそでしょ」と絶句されたことがあったが、このような制度で苦しむのは言わずもがな貧乏な親だ。だから裕福でない家庭の子どもたちは、いつもそのことを心配している。

「自分の意志でデモに行ったら『ずる休み』と見なされて、親が罰金を払わされるってみんな言ってた。だからデモに行くのを我慢した子がたくさんいる。僕だけじゃないよ」

と息子は言っていた。

色とりどりのプラカードを抱えて「クライメート・チェンジ（気候変動）よりもシステム・チェンジ（制度改革）を！」「チェンジが必要！　いまこそシステム・チェ

ンジ！」と楽しげに大きな声をあげて行進している学生デモの映像を報じる夕方のニュースを、うちの息子は居間で膝《ひざ》を抱えて見ていた。

マクロなニュースは、こういう地べたにころんと転がった焼き鳥の肉のことは絶対に伝えない。

しょぼいと周縁化される？

華々しい学生たちのデモが終わった翌日、息子と一緒にスポーツ用品店に出かけた。エスカレーターで2階のサッカー用品売り場に着いたとき、友人と一緒にサッカーシューズを見ていたその少年の姿に気づいたのは息子だった。

「あれ、ひょっとしたら……？」と息子が声を出した途端、少年もわたしたちの姿に気づいてこちらに向き直った。

「久しぶり。いやー、すっかり背が高くなったね。めっきりティーンエイジャーらしくなっちゃって」

わたしがそう言うと、少年はきまり悪そうに微笑《ほほえ》んだ。

毎日一緒にバスで小学校に通っていた頃と少しも変わらない、爽《さわ》やかな笑顔だ。それは、先月、行方不明になって保護され、里親に預けられた少女の従弟《いとこ》の少年だった。

英国では、公営住宅に住んでいて、あまり経済的にも恵まれていない人々のことを「チャヴ」と呼んでステレオタイプ的に扱う風潮があるが、彼のようにミドルクラスの少年よりよっぽど爽やかな外見をした少年だっている。

「ほんとに久しぶりですね」

と少年は照れたように言った。

「サッカーシューズ探してんの？」

「母さんと一緒に来てないから、今日は買えないけど、どれがいいか見ておこうと思って」

「ええっ。足のサイズ7なの？　僕、やっと3なのに」

少年が手に取っている靴のサイズを見て息子が驚きの声をあげた。

「嘘《うそ》でしょ、サイズ3なの？　それ僕が小学4年生のときのサイズじゃん」

屈託のない様子で笑いながら息子をからかっている少年の顔を見ていると、ちょっとうれしくなってきて、「お母さんと叔母ちゃんは元気？」とか野暮なことは聞かずにおこうと思った。

子どもの日常は続く。大人の日常も続く。それでいいのだ。

少年とその友人とうちの息子の3人は、仲良くベンチに座ってそれぞれ棚から降ろしてきたシューズを床に並べ、「それクール」とか「メッシ・モデルの新しいやつ？」とか言って試着し始めた。

「ハーフタームの休み、どうやって過ごすの？」

「サッカーの練習と試合がある」

「ふうん。ねえ、昨日のデモ、行った？」

と息子が聞くと、少年とその友人は首を振った。

「僕らは参加できなかったんだ。学校が許可してくれなくて」

「え。じゃあうちの学校と一緒だね。ランキング上位の学校はみんな許可が出たのかと思ってた」

「うちはダメ。校長先生が許さなかったから」

厳格なカトリック校が生徒たちにデモ参加を許さなかったのは、いかにもな話だと思った。ランキング最上位の学校は学校で、元底辺中学校とは違う事情があるのだ。教育熱心な保護者たちから学業に支障をきたすなどとクレームをつけられる恐れのある決断は彼らには下せないのだろう。

結局、息子の欲しいシューズは彼のサイズの在庫がなかったので、わたしたちは少年たちに別れを告げ、階下に降りた。

「カトリック校の生徒もデモに行けなかったって聞いて、なんか安心した」

エスカレーターを降りながら息子が言った。

「デモを楽しめなかったのが自分たちだけじゃなかったから?」

と尋ねると、息子はうつむきがちに答えた。

「ちょっと悲しかったんだもん。成績とかいろんな意味でイケてる学校の子はみんなデモに参加できて、しょぼい学校は参加させてもらえないなんて、仲間はずれにされてるっていうか、疎外《そがい》されてる感じがしたから」

「マージナライズド(周縁化されている)って呼ぶんだよ、そういう気分を」

とわたしが言うと、息子が聞いて来た。

「それって、マージン(端っこ)に追いやられてる感じってこと?」

「そう」

息子はしばらく黙って何ごとかを考え込んでいる様子だったが、エスカレーターで階下に到着したとき、くるっとわたしのほうを振り向いて言った。

「彼、ぜんぜん元気そうで、よかったね」

「うん」

「彼女、里親の家から学校に来てるって。ときどき、廊下とか学食とかで顔を合わせるって言ってたよ」

「え？　いつそんな話したの？」

「母ちゃんがカウンターにシューズの在庫を聞きに行ってたとき」

「そっか。ということは市内に住んでる里親に預けられたんだね」

「うん。学校を転校しないですんだから、その点はラッキーだったって言ってた」

息子と並んで店の外に出ると、2月とは思えない妙に春めいた日が射《さ》していた。舗道に黄緑色のビラが何枚か落ちているのが見えた。昨日のデモで配られたのだろう。靴跡のついたビラには、国際環境NGOグリーンピースのロゴを真似《まね》たような字体で「地球の温暖化を止めるためのスクール・ストライキ！」と印刷されている。

息子はそのうちの一枚を拾いあげてじっと眺めていた。そしてそれを裏返してまた眺めながら歩いていたが、やがてふわりと舗道の上に捨てた。

ブルーより、いまはグリーン

1週間のハーフタームが終わると、息子が急に熱中し始めたのはバンド活動だった。

わたしも日本の福岡という、わたしなんかがティーンの頃には「めんたいロック」と呼ばれるジャンルもあったほど音楽の盛んな街で育ったので、15歳の頃にはすでにバンド活動に明け暮れる日々を送っていた。だから、そのうち自分の息子も同じ道を辿《たど》ったりするんじゃないだろうかと思ったことはあったが、まさか12歳でバンドを結成するとは思わなかった。いまどきの子どもはさすがに何事も早い。

地道に音楽部でギターの練習を続けてきた息子は、やはり音楽部で活動中のドラム担当、ベース担当、キーボード担当の少年たちとバンドを結成し、放課後に音楽部室で練習したり、自宅にちょっとしたスタジオがある楽器屋の息子（ドラム担当）の家でリハーサルをしたりするようになった。

バンドの名前を「グリーン・イディオット」にするとか言うので、それはいくら何でも米国のバンド、グリーン・デイと彼らのアルバム『アメリカン・イディオット』のタイトルを組み合わせたのが見え見えで、安直すぎてダサいと反対した。しかし、よく考えてみれば「グリーン・イディオット（緑のバカ）」というのは、環境問題デモに行けなかったルサンチマンが噴出している感じでけっこうパンクと言えないこともない。が、しかしそんないまだけしか通用しない時事ネタをバンド名にしてもしょうがないので、やはりもう少し長い目で考えたほうがいいよと助言しておいた。

彼らのバンドが演奏している音楽のジャンルは「パンク・ラップ」だそうだ。本当にそんなジャンルがあるのか、息子と仲間たちが適当に言っているのかは知らないが、要するに有名なパンクバンドの曲をコピーして演奏し、坂の上の高層公営団地に住んでいる息子の友人のティムがラップをがなっているという。

楽器の演奏を教わったことのないティムは音楽部には入ってなかったが、息子がバンドを結成して放課後に練習するようになると一緒に帰宅できなくなったので、「俺もバンドやりたい」と言い出したらしい。それで、急遽《きゅうきょ》ラッパーとして参加することになったのだった。

そのうちコピーにも飽きてきたようで、自分たちのオリジナルの曲をやることにしたと言う。以前、息子が、祖父と盆栽というテーマで曲を作っていたことを思い出し、一抹《いちまつ》の不安をおぼえていると、案の定、息子が作った曲を練習しているという。

「何て曲？」と聞くと息子は言った。

「マージナライズド」

「聞かせて」と言うと、息子が少しはにかんだような様子で練習中に録音したというその曲をスマホで再生した。ちょっとシャム69を思い出すようなシンプルで元気のいいパンキッシュなイントロが始まった。なかなかうまいじゃん、と思っていると、そこで歌に入るんかいと思うような唐突な場所でティムのラップが飛び込んできた。

俺たちもデモに行きたかった
プラカード作って行きたかった
でも俺らプアでガラの悪いガキだから
でも俺らアホで手の付けられないガキだから
デモに行くのを禁止された

あれはリッチ・キッズの運動
あれはグッド・キッズの運動
俺たちだってプラカード持ってクールにストリートを歩きたかった
俺たちだって大声出してこの星の未来のために騒ぎたかった

この気分はマージナライズド、俺たちはマージナライズド
感じてるんだ　マージナライズド　マージナライズド
いつもそうさ　マージナライズド　マージナライズド　ファッキン・マージナラ

イズド

ティムが「マージナライズド」という言葉を繰り返すところで、息子とベース担当の子が「ウウウー」とコーラスを入れるのだが、それが全然ハーモニーを成してないというか、あまりに音程が外れているのでホラー映像のサントラみたいに不協和音を醸《かも》していて、思わずぷっと噴いた。ちょっと失礼かなと思ったが息子も笑い出したので心おきなくわたしも爆笑する。

「はははは。めちゃくちゃな曲だけど、いいじゃん。ラップの歌詞、誰が書いたの？」

「僕とティム」

「ははは。やっぱバンドの名前、グリーン・イディオットでいいんじゃない？　その怨《うら》みを原点に突き進め、って母ちゃんは思うけどね」

「でも、バンドの名前は、ジェネレーションZがいいんじゃないかって話になってるんだ」

「それもまたベタっていうか、ジェネレーションXの真似みたい。そういう名前のバンドが昔あったんだ」

いちおうわたしも含まれる世代のジェネレーションX、そしてミレニアル世代とも呼ばれるジェネレーションYをはさんで、その次の2000年代生まれのジェネレーションZは確かに息子たちの世代だ。デジタル・ネイティブと呼ばれるこの世代は、英国ではコスモポリタン世代とも呼ばれる。息子のバンドも、ティムとキーボードの子は英国人だが、息子はアイルランド人×日本人、ドラムの子は英国人×メキシコ人、ベースの子はフランス人×イラン人と人種の違う両親を持っている。自分がそうだから そういう子たちとつるんでいるのか、あるいはそういう子たちと気が合うのか、息子がいまそういう時期にあるとも言える。が、英国じたいがもうそういう時代になっているとも言える。

「あ、ほんとだ。ジェネレーションXってバンドがあったんだね。……じゃあ、やっぱりグリーン・イディオットかなあ」

スマホでネットをチェックしていた息子が言った。

「グリーンっていえばさあ、母ちゃん、僕がむかしノートに落書きした言葉を雑誌か何かの連載のタイトルに使ったって言ってたじゃん」

「うん。ぼくはイエローでホワイトで、ちょっとブルー」

「あれさ。いま考えると、ちょっと暗いよね」

と言って息子はスマホから目をあげてわたしの顔を見た。

「あの頃は、これから新しい学校で何があるんだろうなって不安だったし、レイシズムみたいなことも経験してちょっと陰気な気持ちになってたけど、もうそんなことないもん」

「もうブルーじゃなくなったのか」

「いまはどっちかっていうと、グリーン」

と息子が言うのでわたしは笑った。

「ははは。そこまで環境問題デモへの憎しみをむき出しにしなくても」

「いや、グリーンって、もちろん『環境問題』とか『嫉妬《しっと》』とかいう意味もあるけど、『未熟』とか『経験が足りない』とかいう意味もあるでしょ。僕はいま、そのカラーなんだと思う」

息子の顔が、さいきん髪を短く切ったせいもあるが急に大人びて見えた。

確かにそうなのかもしれない。人種が違う両親を持っているから、移民から生まれた子どもだから、時々ブルーになることもあるなんていうのは、きっと前時代的なコンセプトなのだ。

イエローでホワイトな子どもがブルーである必要なんかない。色があるとすれば、それはまだ人間としてグリーンであるという、人種も階級も性的指向も関係なく、息子にもティムにもダニエルにもオリバーにもバンドのメンバーたちにも共通の未熟なティーンの色があるだけなのだ。

そう思えばグリーン・イディオットは二重の意味でいいバンド名じゃないかと思ったが、伝えようと思ったら息子はもう2階に上がって自室でギターをかき鳴らしていた。

まったく子どもというやつは止まらない。ずんずん進んで変わり続ける。

ぼくはイエローでホワイトで、ちょっとグリーン。……いまのところは。

きっとこの色は、これからも変わり続けるに違いない。

解説　この不幸な時代に

日野剛広

ブレイディみかこという書き手と今の時代をともに生きるということは、とても幸福なことである。

いや、こんなに不幸な時代が訪れると誰が想像しただろうか。世界規模のパンデミック、緊縮政策による経済格差の拡大、政治の無策、差別と暴力が平気な顔をしてまかり通る社会。しかし、それ以上の一番の不幸とは、そんな世界に蓋《ふた》をして無知、無関心でいることではなかろうか。

この世界の出来事、人々の本当の姿を知ろう、理解しようとする努力や想像力が決定的に欠落した社会の中で、私達は生きていく上での指標と、拠《よ》り所となる言葉をどんどん失いつつある。

だがこんな時代に、発する言葉と文章に最も触れたい書き手がいる。

世界の難題からストリートの喧騒《けんそう》まで、政治経済の動向から隣人の息遣いまで、権力への怒りから市井《しせい》の人々への共感まで、くたびれたオヤジから無垢《むく》な子どもまで、ジェレミー・コービンからモリッシーまで、すべてを類《たぐい》まれな文章力で読ませてくれる書き手。

そしてその文章は、私達を無知や無関心から引き戻し、路頭に迷う私達の拠り所となる。この時代にあって、実に幸福なことではないか。

ブレイディさんのプロフィールについては、もはや私がここで説明する必要などないだろうが、一つ個人的なことを書かせて貰《もら》えれば、彼女の文章との初めての出会いは今から約8年前、ネットで目にした「墓に唾《つば》をかけるな」という一文だった。

マーガレット・サッチャー元英国首相の死去に対し、「俺は彼女の墓の上で踊る気はない」と言ったのは、かのジョン・ライドンである。80年代のサッチャーリズムによって広がった階級格差と貧困層の増加。未《いま》だに何も解決出来ていないその政治の後始末に追われる、名もなき市井の人々の苦闘とライドンの発言を共感として位置づけたコラムは、英国の人々の悲哀をリアルに伝えた名文中の名文である。

本コラムは現在でも「ele-king.net」にてすぐにでも読む事が可能だが、2013

年刊行のコラム集『アナキズム・イン・ザ・UK』（Pヴァイン）にも収められているので、ブレイディさんがどういう思想と知性の持ち主なのかをもっと知りたい方は、ぜひ紐解《ひもと》いて頂きたい。

そのジョン・ライドンを師と仰ぐ彼女の文章には常に英国の「地べた」からの視点があり、世界中、そしてこの日本と地続きの切実な問題や社会の課題を照らし、切り込んでいく力がある。かつてセックス・ピストルズの私設ファンサイトまで運営したというだけあって、彼女の文章はロック的な意匠、いやスピリットが政治・経済・文化の考察に常に刻み込まれている。ロック好きの人ならばピンとくることや思わずニヤリとすることが多いはずだ。だが、彼女が凄《すご》いのはロックに造詣《ぞうけい》の無い、又は興味の無い人を決して置いてけぼりにしないところだ。ロックの本質を文章に混ぜながら、それを誰にでも読ませてしまう筆力の持ち主だということである。

この本とほぼ同時期に刊行された『女たちのテロル』（岩波書店）も、今から百年前、権力との戦いに身を投じた3人の女性（金子文子、エミリー・デイヴィソン、マーガレット・スキニダー）の人物像と闘争の記録を、現代の私たちにも〝翻訳〟してくれる彼女の筆力と、彼女たちのスピリットを弔う檄文《げきぶん》を堪能《たんのう》することができる。

＊　＊　＊

２０１９年に刊行された本書は、ブレイディさんの、当時中学生だった息子とのふれあいを通じて、「地べた」の英国を一緒に見つめていく物語だ。世界の縮図と言われる所以《ゆえん》としての、英国の貧困、差別、分断は様々な形となって、ブライトンでつつましく暮らす親子の身近にも忍び寄る。

しかし母親をはじめ、差別の撤廃を目指して変わろうとする学校や大人たち、共に悩み、学ぶクラスメートたちに囲まれて、楽しいことも嫌なことも経験しながら頼もしく成長していく息子の姿は、微笑《ほほえ》ましいという季節をとっくに通り過ぎて、凛々《りり》しい大人への扉を開けつつある。英国の抱える困難は彼女の息子を、正しさの軸を自分の中に据えて生きていく少年へと成長させていく。

そしてこの子の成長はこの親あってのもの。ブレイディさんは文中でこそ、ご自身に比べて息子さんが「いい子」であると述べられているが、物事を多角的に深く考察していく力は母親譲りそのものである。

この子に向けられた母親の眼差《まなざ》しは、とても優しく愛に満ちたものであるが、それだけではない。ブレイディさんは自分の息子を一人の人間として信用し、その尊厳を守り抜いている。親だからといって支配はしない。息子の気持ちを慮《おもんぱか》り、尊重し、時には息子の言動から新たな発見をし、それを受け入れる。だから、これは母親であるブレイディさん自身の成長物語でもあるのだ。

本書はブレイディさんの日本国内での知名度を飛躍的に上げることとなったのだが、それまでの彼女の著作はどちらかといえば人文系図書のカテゴリーに収められ、一般的な知名度が浸透していたとは言い難い状況であった。だが英国の「地べた」の視点から政治、経済、労働、貧困、そしてそこに生きる人々の姿を伝えるという、彼女のライフワークとも言えるテーマは、本書にもしっかりと内包されている。だから彼女の作品の中でこの本だけが突出して親しみやすい内容だとは思わない。

だが、ブレイディさんはその重いテーマを正面から論じながらも、それを飛び越えていくような軽やかさで、読者にしっかりと読ませてしまうのだ。それこそが彼女の文章の最大の強みであり、大きな魅力なのだ。本書を読まれた方は、スムーズな読み心地から非常に大事なものを受け取っている感覚を覚えるはずだ。

そんなブレイディさんが日本でブレイクすることも時間の問題だったのだろう。

そして本書は刊行のその年に、「Ｙａｈｏｏ！ニュース―本屋大賞ノンフィクション本大賞」を受賞し、60万部を超える大ベストセラーとなる。私の勤める書店でも累計売上１５０冊を突破し、近年の文芸単行本としては異例の売れ行きとなった。この受賞によってブレイディさんは一気にマスコミでの露出が増え、そのお顔とお名前がお茶の間に浸透し、ベストセラー作家として認知されるようになったことは大きく、ファンとしても喜ばしい。彼女の文章はより多くの人に読まれて欲しいからだ。

このノンフィクション本大賞は、毎年春に発表される本屋大賞の、いわばノンフィクション本版で、全国の書店員の投票によってまずノミネート作が決まり、その中から二次投票で大賞が選出されるというシステムは同じである。

２０１９年のノミネート作は本書を含め6作品。いずれも甲乙つけ難い傑作が候補に並び、一次投票から参加した多くの書店員の頭を悩ませたことだろう。

ところが、今だから正直に白状するが、私自身は本書には投票しなかったのだ。

急いで誤解を解くが、この作品への愛着、ブレイディみかこという書き手への畏敬《いけい》の念は誰よりもあると自負しながらも票を投じなかった理由、それは当時の私が狭義《きょうぎ》のノンフィクションに拘《こだわ》りたかったということであり、本作はノンフィクションというというよりもエッセイではないか？という疑問が拭《ぬぐ》えなかったからなのである。フィクションでなければすべてノンフィクションという解釈は確かに可能だが、私の考えていたそれとは、ある事象、又は人物に対して丹念な取材と考察を極め、表面だけでは分かり得ない真相、真実を伝えるもの、それこそが王道だと考えていたのだ。

そして迎えた2019年11月6日、ノンフィクション本大賞発表の日、私の考えがいかに狭量なものであったかを痛感することとなった。

ブレイディさんは受賞スピーチにて、本書をノンフィクションとしては王道ではなく、異質であると自ら感じていらっしゃることを述べつつも、この受賞結果によってノンフィクションの定義が刷新されたと宣言された。

考えてみれば、優れたノンフィクションというものは読者に、あなたはどう考えるか、どう行動するのか、これからどう生きるのか、ということを突き付けてくる。その意味でも本作は紛れもなく優れたノンフィクションである。そもそも本は書き手、テーマ、問題提起、描く範囲も一つ一つ違う訳で、同じ本など存在しない。私のカテゴライズは意味の無いことだったと思い知らされた。もちろん今となってはこの受賞を心から祝福している。

当日幸いにも発表の場に居合わせ、ブレイディさんとの対面を果たすことが出来た。ブレイディさんとはそれ以前に2016年、新宿のカフェ・ラバンデリアでの、栗原康さんとのトーク・イベントで一度だけしかご挨拶《あいさつ》をしたことがなかったにもかかわらず、私の顔を覚えていてくださったのだ。単にブレイディさんの記憶力が良いという話ではなく、私がかねてより著作を店頭やSNSでご紹介し、また「WEB本の雑誌」での本書の書評執筆もあってのことだとは思いながらも、ブレイディさんのお人柄の暖かさと懐《ふところ》の深さを改めて感じ、目頭が熱くなったことを告白しておく。

本書に関してもう一つ、私が書店の現場で体験した非常に稀有《けう》なエピソードをご紹介させていただきたい。

私の勤務する千葉県佐倉市内の書店の、ご常連のお客様の中学2年生のお嬢さんが、夏休みの読書感想文に課題図書ではなく、あえてこの作品を読んで執筆、コンクールに応募したというのだ。お母様のご厚意でその感想文を読ませて頂いたのだが、これが大変に素晴らしい内容で感嘆させられた。

この感想文をぜひブレイディさんに読んでもらわなくてはと奔走し、知り合いの編集者にお願いしてご本人のお手元に届くこととなった。

地元のお客様が、私の書評と店頭での陳列から本書に興味を惹《ひ》かれてお買い上げくださり、親子で楽しみ、子が感想文を記す、そしてその感想文が英国在住の著者の手に渡り、直《じか》に読んでもらうという稀有な出来事が本当にあったのだ。

お母様とご本人の許可を頂いて、その感想文の一部を抜粋し、ここに披露したい。

本を読み進めていて、「そもそも人は何故《なぜ》人種や容姿、能力や考え方が違うと、奇異な目で見られたり差別されたりするのか？　そうだとすると多様性はトラブルの原因になってしまうし、多様でない、均一な集団の方が平和なのではないか？」という疑問が湧《わ》いてきた。そんな私に「母ちゃん」が「それは違うんじゃない？」と本の中から語りかけてくれた。「多様性ってやつは物事をややこしくするし、ケンカや衝突が絶えないし、そりゃない方が楽よ。多様性はうんざりするほど大変だしめんどくさいけど、無知を減らすからいいことなんだと母ちゃんは思う。」と。

確かに多様性があるということは、自分とは違う個性や考え方が多種多様にあるということで、その分「知らない」「分からない」ことが多くあるということだ。その時、他者について「知ろう」「理解しよう」といった「知ろうとする行動」がないと、無知なまま偏見や差別が生まれるのだということを「母ちゃん」の言葉から学ばせてもらった。（原文ママ）

この感想文は千葉県佐倉市在住の並木志織さん（当時中学二年生）によるもの。どうです、本当に素晴らしいでしょう？　もう出来れば全文掲載したいくらいなのだが、この感想文を書いた生徒さんは当時14歳、つまり本書の主人公「ぼく」と同世代だ。私のこの下手な解説文よりもずっと的確にこの本の本質に触れている。

この本に大きく横たわる「エンパシー」というテーマ。それをしっかりと理解し、これ以上ないほど明快に言葉に置き換えている。そして、これは中学生が書いた文章だから凄いのではなく、一人の人間のれっきとした生き方の決意表明だからこそ心に刺さるのだ。

ブレイディさんの文章はぜひ若い人たちにこそ触れてもらいたいと願っているが、こうして実際に若い人が本書を選び、読んで感化され、生き方の指標として内在化させていく様子を、こんなに身近なところで目撃出来るとは、もう本屋のオヤジ冥利《みょうり》に尽きる話ではないか。

もちろん、ブレイディさんもご本人のブログでこの感想文を絶賛された。ご自身の著作に込めた思いが、ちゃんと日本の若い人にも伝わっているという感慨を持たれたのではないだろうか。

ブレイディさんはブログでこの感想文をご紹介された折にこう付け加えていらした。「中学生はそんなに賢くない、と思っている人々は、よく中学生の言うことを聞いてないだけでは。。。」

私たちはいつの間にか自分がかつて子どもだった、若かった、ということを忘れてしまう生き物らしい。しかし幼い、若いということが必ずしも未熟という意味合いだけではないという記憶は誰しもあるはずだ。上手《うま》く伝える言葉を持たなくとも、その視点でみた世界が間違っているなどと誰に言えようか。それは子どもだって人間だからだ。ブレイディさんの息子さんも、この感想文を書いた志織さんも、中学生である前に一人の人間であり、その尊厳は何にも代え難い。まさにこの本が教えてくれたことではないか。

単行本発売から2年という文庫化は、標準的なサイクルではある。しかし少々早過ぎる気がするのは本書が今も単行本のままベストセラーランキングの上位にあり、売れ続けているからだろう。そして、待望の第二弾が今年中に発売予定なのだそうだが、当然のこと、英国のEU離脱、そして新型コロナウイルス禍を背景に物語は進むはずだ。さらなる混迷の時代に、この親子の生き方が照らし出す私達の生き方が益々《ますます》問われることとなるだろう。

英国の親子と日本の親子、その見つめる先にはこれからもより多くの困難が待ち受けている。しかし、親子で育《はぐく》んできた視線は、そのまま生きる知恵や知性となり、世の中を変えていく力を蓄えていくはずだ。

ブレイディみかこという書き手とこの不幸な時代をともに生きるということは、とても幸福なことである。

（書店員、ときわ書房志津ステーションビル店勤務）

この作品は二〇一九年六月新潮社より刊行された。

ジョイス
柳瀬尚紀訳

ダブリナーズ

20世紀を代表する作家がダブリンに住む人々を描いた15編。『フィネガンズ・ウェイク』の訳者による画期的新訳。『ダブリン市民』改題。

ディケンズ
加賀山卓朗訳

オリヴァー・ツイスト

オリヴァー8歳。窃盗団に入りながらも純粋な心を失わず、ロンドンの街を生き抜く孤児の命運を描いた、ディケンズ初期の傑作。

G・グリーン
上岡伸雄訳

情事の終り

「私」は妬心を秘め、別れた人妻サラを探偵に監視させる。自らを翻弄した女の謎に近づくため——。究極の愛と神の存在を問う傑作。

J・ロンドン
白石佑光訳

白い牙

四分の一だけ犬の血をひいて、北国の荒野に生れた一匹のオオカミと人間の交流を描写し、人間社会への痛烈な諷刺をこめた動物文学。

カミュ・サルトル他
佐藤 朔訳

革命か反抗か

人間はいかにして「歴史を生きる」ことができるか——鋭く対立するサルトルとカミュの間にたたかわされた、存在の根本に迫る論争。

H・A・ジェイコブズ
堀越ゆき訳

ある奴隷少女に起こった出来事

絶対に屈しない。自由を勝ち取るまでは——残酷な運命に立ち向かった少女の魂の記録。人間の残虐性と不屈の勇気を描く奇跡の実話。

ぼくはイエローでホワイトで、ちょっとブルー

新潮文庫　ふ-57-2

令和三年七月一日発行
令和六年十一月十五日十一刷

著者　ブレイディみかこ

発行者　佐藤隆信

発行所　株式会社新潮社

郵便番号　一六二―八七一一
東京都新宿区矢来町七一
電話 編集部(〇三)三二六六―五四四〇
読者係(〇三)三二六六―五一一一
https://www.shinchosha.co.jp

価格はカバーに表示してあります。

乱丁・落丁本は、ご面倒ですが小社読者係宛ご送付ください。送料小社負担にてお取替えいたします。

印刷・大日本印刷株式会社　製本・加藤製本株式会社

ISBN978-4-10-101752-5　C0195